廃墟からの祈り

Takashima Yutaka
高島裕

北冬舎

廃墟からの祈り◎目次

一

二

装丁＝大原信泉

廃墟からの祈り

一

かなしみの伽藍

1　世界の散文化

「世の中に片付くなんてものは殆どありやしない。一遍起つた事は何時迄も続くのさ。たゞ色々な形に変るから他《ひと》にも自分にも解らなくなる丈《だけ》の事さ」

健三の口調は吐き出す様に苦々しかつた。細君は黙つて赤ん坊を抱上げた。

「お〻好い子だ〳〵。御父さまの仰しやる事は何だかちつとも分りやしないわね」

細君は斯《か》う云ひ〳〵、幾度《いくたび》か赤い頬に接吻した。


（夏目漱石『道草』）

結末部分の、よく知られた一節である。「世の中に片付くなんてものは殆どありやしない」といふ、世界と人生における暗澹たる真理を吐き出す男にたいし、女は、直に向き合はうとさへせず、抱き上げた幼子に目を向け変へて「何だかちつとも分りやしないわね」と言ひ捨ててしまふ。ここには、性差にもとづくディスコミュニケーションが鮮やかに描き出されてゐる。

このディスコミュニケーションは、人間生活のあらゆる物事のうちでもつともありふれた経験だが、どのやうに「相互理解」を試みようとも、けつして解決することがない。ここで男は「世の中に片付くなんてものは殆どありやしない」といふ暗澹たる真理を、ふたたび確かめることになる。性差からやつてくるディスコミュニケーションは、世界と人生の非完結性を集約的に開示するのである。この非完結性を、散文性といつてもいい。

世界の散文性は、近代とともに始まつた。近代人は、世界から神や精霊たちを放逐し、世界の主人公は人間であると宣言した。人智を超えた大きな力への信仰を捨ててしまへば、世界は意味を失つたモノの集積となり、人生は導きを失つた偶然の連続に過ぎなくなる。世界の散文性とは、信仰を失つた近代人が、自らの生を無意味と偶然に委ねてしまふとき、否応無く立ち現れる認識であり、現実である。

近代における文学や思想は、世界の散文性に立ち帰り続けることに至高の価値を置いた。

それは倫理でさへあつた。

前世紀の世界戦争において、一方の陣営の国々では、物語的、美的完結性に彩られた世界観が、散文性をおしのけて大規模な大衆動員をなした。結果は、散文的な「自由」や「民主主義」を掲げる、もう一方の陣営に敗れて終はつた。戦後、美的完結性に彩られた敗者の世界観は、厳しく断罪された。ことに、意味を失ひ、モノと化した死体が山積みされたアウシュヴィッツの光景は、美的に完結した物語的世界観が、凄惨な散文的現実を隠蔽してゐたことを明白に示すものと受け取られた。アウシュヴィッツがナチズムに、南京が天皇制下の軍国主義に結びつけられる一方、広島長崎がアメリカ自由主義に結びつけられることはけつしてなかつた。戦場における勝敗は、世界観における勝敗となつた。つまり、美的物語的に完結した思想や表現は、欺瞞であり、幻想であり、ときとして暴力を動員し、かつ隠蔽する、危険で邪悪な本質を有するものとされた。かうして、戦後ますます、世界の非完結性、散文性に耐へてそこに留まり続けることが、思想や文学芸術における至高の理念とされたのである。その理念は「リアリズム」と呼ばれた。

こんな時代に、わたしたちは短歌に縁を結んだ。いまこのときに、美的完結性を本質とするこの伝統詩型に縁を結んだことは、何を意味するのだらう。そして短歌は、世界の散文性にたいして、どのやうに向き合ふのだらう。

2　散文的世界における短歌

世界の散文化は、明治の文明開化とともに、わが国に押し寄せた。漱石の盟友正岡子規による短歌革新は、日本精神史の中核をなす和歌の伝統を、散文化した世界に出会はせる試みであつた。

子規が問題にしたのは、古今集以来千年にわたつて規範化されてきた、和歌表現の美的概念性である。美的概念性とは、要するに〝約束〟である。

ふるとしに春たちける日よめる

年の内に春はきにけりひととせをこぞとやいはんことしとやいはん　　在原元方

古典和歌の本質をなす美的な約束がどんなものであるのかは、古今集劈頭のこの歌に明瞭に示されてゐる。一年を単位とする天象地象の循環は、「季節」として分節化され、非連続化されることで、文化となる。立春とは、この日からが春なのだといふ文化の決めごとであり、約束である。去年とか今年とかいふ年の変り目もまた同様である。つまりこの歌は、自然の連続性にたいして文化の非連続性を提示し、その空虚な約束事の宇宙へと、表現意識のすべてをもつて殉ずるといふ、創作上の根本姿勢の表明なのだ。この歌は、それしか言つてゐない。文字通り空虚な歌である。

子規はこの歌を「しやれにもならぬつまらぬ歌」(『再び歌よみに与ふる書』)と罵倒し去つた。子規は、この歌の空虚さを、たんに無意味さとして受け取つた。それは、このとき子規の意識が、古典和歌の約束事の宇宙を脱け出して、文明開化後の散文化した世界へと移行してゐたからだ。散文的な世界から眺めるなら、古典和歌の美的約束事がまつたく無意味なものに見えるのは当然である。散文的世界認識に拠るなら、季節とは、自然の連続的推移にたいする便宜的な目印以上のものではないからだ。さうした子規の表現意識は、高名な、次のやうな歌を生んだ。

瓶にさす藤の花ぶさみじかければたたみの上にとどかざりけり

ここに歌はれた藤の花は、もはや晩春を告げる季節の景物ではない。そのやうな美的概念を剝ぎ取られて、「短くて畳の上に届かない」といふ、裸形の物質性が写し取られてゐるのだ。この歌に象徴されるやうな、美的概念を取り去つて散文的現実そのものを写し取らうといふ作歌理念は、写生、写実の名のもとに、近代短歌を支配した。

だがここで留意すべきは、西欧からの散文化の波に洗はれながらも、子規は、和歌の廃絶を言はずに、あくまでも和歌の革新を唱へたといふことだ。伝統のオーラを背負つたこの詩型を活かしたまま、散文化した世界に立ち向かはうとする子規の姿勢は、近代日本のナショナリズムが避けやうなく抱へ込んだ困難とかかはつてゐる。その困難とは、西欧に学んで近代化をすすめることと、アジアの伝統の中にみづからのアイデンティティーを求めることとの分裂である。列強に伍して植民地経営に乗り出すことと、アジアの解放者たらんとすることとの矛盾である。この矛盾は解決されぬまま、六十年前の破局に立ち至つた。子規の後継者たちが唱道した、万葉のみを賛美し、（実朝と若干の近世歌人を除く）王朝期以後の和歌を全否定するやうないびつな伝統意識は、大東亜戦争の悲劇、その崇高と野蛮の分かち難さへとみづからを追ひ詰めていつた、近代日本の精神史的必然に深くかかはつてゐると思へる。

散文的現実を写しつつも、詩型の纏ふ伝統のオーラと美的完結性は紛れもない。先にあげた子規の藤の歌にさへ、病床の作者の無念を読み取る「美的な」解釈があるほどだ。それは「けり」の詠嘆の魔力だが、そのやうな、美的完結性へと傾く詩型の引力は、避けやうがない。敗戦後、短歌詩型のそのやうな美的完結性が、その伝統のオーラとともに否定され、断罪されたことは周知の通りである。前衛短歌を頂点とする戦後短歌史は、詩型そのものの原罪性を認め、それによつて歌人がみづからを引き裂くことによつて、表現の必然と高度を保つてきた。

しかし現在、先の大戦における勝者の裁きの正当性が深い懐疑にさらされてゐるだけでなく、信仰を失ひ、自然への畏れや父祖への感謝を忘れた、近代の人間中心主義の罪悪が誰の目にも明らかになつてゐる。アウシュヴィッツや広島長崎をもたらしたものは、特定の思想でもなければ世界観でもない。それは、信仰を捨て、目に見えぬ大きな力への畏れを失つた近代人の精神が、必然的に辿り着く、荒廃の極致なのだ。この荒廃が、現在に至るまで継続し、進行してゐることは、申すまでもない。

だとすれば、わたしたちはいま、近代日本の出発点において正岡子規が否定し去つた、古典和歌の美的概念性、その空虚な約束事の宇宙が、どんな必然のもとに生み出され、守られてきたのか、もう一度見直してみるべきではないか。それによつて、近代の散文化した世界の中で忘れ去られた伝統を、未来への可能性として立ち上げ直すべきではないか。

3　幻想の伽藍

わが国の歴史においては、セム系一神教のごとき、唯一絶対神の下での万人の平等といふやうな、風土を超越した普遍的な宗教意識は、根づくことがなかつた。また、仏教における高度な哲理も、儒教における道徳規範も、日本人の魂の、もつともやはらかい中心部には、影響を与へることがなかつた。

日本人の魂の中心にあるのは、美であり、情緒である。それは、哲理や道徳によつて規定されることのない、自然のさざめきとひとつであるやうな、こころのゆらめきや翳りである。ほんのわづかな季節の移ろひが、風の匂ひや草花の色彩をかすかに、だがたしかに変へてゆくやうに、ひとのこころも、気付かぬほどのかそけさで、しかし立ち止まつたり元に戻ったりすることなく、時とともに移ろひゆく。その、生命と時間とが織りなすかなしみを、日本人は、どんな観念や道徳よりも大切にしてきた。いつのときもそのかなしみに留まり続け、それをなんらかの超越的理念によつて止揚したり抑圧したりはしなかつた。

古典和歌における美的概念性とは、この、生命と時間とが織りなすかなしみの諸相を、表現と共感の様式へと洗練したものである。この様式は体系化されて約束事の宇宙をなし、その空虚な宇宙へと、歌人たちは表現意識のすべてを委ねたのである。この態度は、王朝歌人たちだけでなく、わが国古典におけるあらゆる文学芸術、ひいては日本人の精神文化の総体を規定した。それは、散文的近代を生きるわたしたちの精神をも、深く規定するものである。

いまこのとき、わたしたちじしんの生きたかなしみを、この約束事の宇宙に委ねてしまふ瞬間、わたしたちは、何か大きなものに抱き取られてゆく自分を感ずるであらう。

逢ひ見ての後の心にくらぶれば昔は物を思はざりけり
君がため惜しからざりし命さへ長くもがなと思ひけるかな
忘れじの行末まではかたければ今日を限りの命ともがな

今はただ思ひ絶えなむとばかりを人づてならでいふよしもがな

いづれも『小倉百人一首』から引いた。今を生き、恋に苦しむわたしたちじしんのかなしみをこれらの歌々の中に見出すとき、それはたんに、わたしたちと同じやうな思ひを経験した人が、千年前にもゐたといふことだけを意味するのではない。さうではなく、今を生きるわたしたちのかなしみが、様式を通じて民族の精神に包摂されることを意味するのだ。それは、自分を日本人であると感じ、日本人であることに安らぎと幸せを感じる瞬間でもある。

かうして、わたしたちが今を生きることが、そのまま、民族の歴史と、民族の精神の証しであるやうな美的宗教意識をここに確かめることができる。王朝歌人たちの空虚な情熱は、この美的宗教意識を構築し、洗練することに向けられてゐた。

男女間の差異の地獄は、これらの歌の背後に、夜の海のやうに、暗く果てしなくひろがつてゐる。目をこらしてその夜の海を見ようとすることと、目を閉ぢて美の様式へと身を投ずることと、文人の誠がいづれにあるのかは容易には決められないだらう。ただ、その夜の海がどこまでも、いつまでも続くことを、王朝歌人たちはよく知つてゐた。よく知つてゐたから、目を閉ぢた。夜の海と同じ瞑目の暗闇のなかに、かれらは美的様式の伽藍を幻視した。その幻想の伽藍は、〈日本〉と名づけられた。日本といふ幻想の伽藍に身を委ねることは、わたしたちにとつてごく自然な信仰態度ではないだらうか。そしてそれは、世界の散文性を乗り越え、目に見えぬ大きな力への畏れと感謝の気持ちを取り戻すことに、おのづから通じてゆく道ではないだらうか。日々、差異の地獄を渡りながら、わたしはそれを信じてゐる。それを祈つてゐる。

涙・糞尿・詩歌　いのちから出るもの

1　涙と詩歌

たとへば、向き合つて話してゐる人が、ふいに涙を見せたとき、わたしたちは、胸の奥を衝かれたやうな、鋭い内感覚に見舞はれる。相手の目からこぼれ落ちた涙は、その瞬間だけでなく、そこに至るまでのどれだけかの時間、彼の心が激しく慄へ続けてゐたことを告げる。それは、「悲しい」とか「辛い」とか「嬉しい」とかいふ言葉を何百回繰り返すよりも、はるかに強く、深く、思ひを伝へるのである。だから、相手の涙に触れたわたしたちは、彼の思ひによつて、胸の奥を刺し貫かれたやうに感ずるのだ。

ここで注意したいのは、涙は、涙がこぼれた瞬間だけではなく、そこに至るまでのしばらくの時間、心が慄へつづけてゐたことを示してゐるといふことだ。つまり、それまでは見えなかつたものが、涙によつて告げ知らされるのである。涙といふ目に見える物質は、心といふ目に見えぬものを、なによりもはつきりと伝へるのだ。

目に見えるものが、目に見えぬものを告げ知らせる。それに触れたときの、強く、深く、鋭い内感覚。これは、何かに似てゐないだらうか。さう、よい詩に、よい短歌に出会つたときの衝撃に似てゐるのだ。

さきに、言葉の無力さについて触れた。辞書的、道具的な連関をなす日常言語は、文字通り「言葉にできない」やうな思ひの切実性、真実性を言ひ当てることができない。だから、もつぱら道具的な言語によつて営まれる〈世間〉といふ場所の本質が、〈嘘〉であるのは当然である。

詩歌は、言葉によつて、「言葉にできない」思ひを伝へようとする。言葉を、道具的連関から切り離すことで、思ひの切実性、真実性を伝へようとする。それは、目に見える涙が、目に見えない心を伝へるのと同じである。そして、相手の涙に触れたときと同じやうに、よい詩よい歌に触れると、鋭く、生々しい内感覚を味はふことになる。この内感覚はふつう「感動」と呼ばれるものだが、それは、他者から目に見えぬ生命の波動を受け取ることによつて、自分自身の生命が波動を起こすことである。それはつまり、「ほんたう」

といふことだ。

2 「体から出るもの」と霊的な力

いま、涙と心の連関について語つた。だが、心とは、身体といふ大海に浮かぶ小島に過ぎない。心は、自分で意識することのできる可視的領域であり、それはつねに、身体といふ広大な不可視の闇によつて揺さぶられ、突き動かされてゐる。このことは、日々の生活の中での自分の心の動きを振り返つてみれば、誰にもわかることだ。

心といふ小島の周縁部には、「気分」と呼ばれる渚がひろがつてゐる。この渚は、身体から打ち寄せる波に、絶えず洗はれてゐる。思考や意志のやうな、普遍的な論理や倫理につながる働きでさへ、そのときの「気分」によつて大きく左右されてゐることは、少し反省してみれば明らかなことと思はれる。

涙は、心との相関において捉へやすく、したがつて、真珠のやうに美しいものとしてイメージされる。だが、涙を含めて「体から出るもの」は、心を包摂する身体といふ海、その広大かつ豊饒な闇から溢れ出すのだ。それは、可視的領野たる心を遥かに超え、生命の熱い闇を、生々しく告げ知らせる。

汗、血液、唾液、精液、尿、糞、嘔吐物……。それら液状ないし粘液状のものが他者の身体から溢れ出すのを目にしたとき、わたしたちはやはり、強い、鋭い内感覚に見舞はれる。美醜や快不快を度外視すれば、それは人の涙を目にしたときと同質の内感覚である。

よく言はれることだが、人を含む生き物について、その生物の身体を組成してゐる物質のすべてを集めて混ぜ合はせても、生命体を作り出すことはできない。生命が誕生し、維持されるためには、物質だけではなく、物質を結びつける〈力〉が必要なのだ。目に見えないその〈力〉は、心身二元論に先立つて、まとまりを持つた生命体を組織し、活動させる。その根源的な〈力〉は、体とも心とも違ふものであり、その両者に先立ち、その両者を可能にしてゐるものである。それは、魂とか、霊とか、「たま」と呼ばれてきたものにほかならない。

「体から出るもの」は、目に見えないこの霊的な力を、生命を生命たらしめている根源的な力を、告げ知らせるものである。他者の「体から出るもの」を目にしたときにわたしたちを襲ふ強い内感覚は、この根源的な力に触れることで、自分自身の生命の根源を揺さぶられることから生ずるのだ。

「体から出るもの」が、この根源的な力と結びついてゐることは、わが国の文学の始まりにおいて、よく知られてゐた。

ここに大気津比売《おほげつひめ》、鼻口または尻より、種種《くさぐさ》の味物《ためつもの》を取り出して、種種作り具へて進《たてまつ》る時に、速須佐之男命《はやすさのをのみこと》、その態《しわざ》を立ち伺ひて、穢汚《けが》して奉進《たてまつ》るとおもひて、すなはちその大宜津比売神を殺しき。故《かれ》、殺さえし神の身に生《な》れる物は、頭《かしら》に蠶《かひこ》生り、二つの目に稲種《いなだね》生り、二つの耳に粟生り、鼻に小豆生り、陰《ほと》に麦生り、尻に大豆《まめ》生りき。

（『古事記』）

鼻や口や尻から出た汚物のやうなものからご馳走をこしらへる神が殺され、その死体から五穀が生成する。死体とは、究極の「体から出るもの」だ。

「体から出るもの」が、生命を組織する根源的な力の証しであることが、おほらかに物語られてゐる。汚穢も、死体さへも、いのち萌え立つ能産的世界を祝福してゐる。生命が生み出されるこのおほらかな場所はまた、詩歌文学のふるさとでもある。

3　詩歌の糞尿的波動

さきほど、涙と詩歌との相同性について語つた。目に見える涙が、目に見えない心を告げ知らせるやうに、詩歌は、言葉によつて、「言葉にできない」思ひの真実性を伝へるのだ、と。

だが、涙を含む「体から出るもの」は、心といふ可視的領域を遥かに超えて、生命を組織する根源的力を告げ知らせるものであつた。それと同様に、よき詩よき歌に触れたときの強くて深い内感覚は、「思ひの真実性」といふ心の問題だけではなく、それを超えた、身体の深み、生命の熱い闇から吹き寄せる波動によるものだ。そこに実現される〈美〉は、「真珠の涙」のやうな、受け容れられやすい、いはば「衛生的な」綺麗さに収まるものではない。糞尿もまた、いきいきと生命の波動を伝へてゐる。よき詩よき歌は、ときに糞尿に似た生々しさを帯びてゐるものだ。

斎藤茂吉といふ歌人の偉大さは、なんらの躊躇もなく、糞尿的な美を実現し続けたことにある。この人の歌業のどこを取り出してもよいが、たとへば第二歌集『あらたま』の最初のあたりから引いてみる。

わが妻《つま》に触《さや》らむとせし生《いき》ものの彼《かれ》のいのちの死《し》せざらめやも
わがこころせつぱつまりて手《て》のひらの黒《くろ》き河豚《ふぐ》の子《こ》つひに殺《ころ》したり
ひたぶるにトマト畑《ばたけ》を飛《と》びこゆるわれの心《こころ》のいきどほろしも
むらぎものみだれし心澄《こころす》みゆかむ豚《ぶた》の子《こ》を道《みち》にいぢめ居《ゐ》たれば
はるばると一《ひと》すぢのみち見《み》はるかす我《われ》は女犯《にょぼん》をおもはざりけり

読者は、「もういい、もうたくさんだ」と辟易しながらも、かうした歌々から漂つてくる強烈な臭ひに深く惹きつけられ、離れられなくなる。通りの良い衛生的な美醜の観念に頓着することなく、おのれの生命の波動をまつすぐに、ありのままに肯定する詩精神が、稀有の歌業を実現した。この詩精神をこそ、真に「美しい」といふべきだ。

一切の社会通念や道徳規範を超えて、生命を組織する根源的な力を讃へ、喜ぶこと。それは、言葉を、その道具的連関から切り離して羽ばたかせる詩歌の営みそのものである。

4　糞尿の世紀と詩歌

「体から出るもの」は、性的映像の世界において、大きな役割を演じてゐる。アダルトビデオでは、女の顔や身体に、何十人もの男の精液を次々にかけてゆく趣向は、ありふれたものである。他に、糞尿や母乳、それから嘔吐物を用ゐた趣向も多く見られる。

たしかに、スカトロジーの趣味は昔からあつたもので、このこと自体は驚くにあたらない。だが、近年顕著な、性的欲望のスカトロ化は、情報技術の飛躍的発達が、わたしたちの感覚を大きく変容させてゐることと関はつてゐると思へる。

家族からさへ隔離された個室で、パジャマを着てポテトチップをかじりながら、全世界と繋がつてしまへるやうな環境は、内的欲望と他者との距離を消去してしまふ。

夜、手紙を書く。一晩眠つて、朝、読み返す。恥づかしくなる。書き直す。宛名を書いて封をする。ポストまで持つて行く。最後に少し迷つたあと、意を決して投函する。……手紙において、思ひを他者に届けるまでに踏まねばならぬかうした過程は、電子メールにおいては一切飛ばされてしまふ。内的欲望は、むき出しのまま、他者にぶちまけられる。糞尿のやうに、嘔吐物のやうに。やがてわたしたちは、「恥づかしい」とか「迷ふ」とか「意を決する」といふ感覚自体を忘れてしまふだらう。恥づかしげもなく、互ひに糞尿をぶちまけあふやうな風景が、社会生活のあらゆる面にひろがりつつある。二十一世紀は、糞尿の世紀である。

糞尿の世紀は、生命をつくる根源的力がまつすぐに肯定される社会の到来を意味するのだらうか。おほらかなる原始への回帰、詩歌の理想の実現を意味するのだらうか。否である。情報技術がもたらす直接性は、他者の身体を媒介としないからだ。「体から出るもの」は、精液とか糞尿ばかりではない。表情とか仕草、その人の持つ雰囲気とかオーラと呼ばれるやうなものも、紛れもなく、身体から滲み出すものである。目の前にゐる他者との、会釈から性行為までを含む身体を通じた交はりの積み重ね、葛藤を伴ふその積み重ねによつてこそ、生命をなす根源的力は深い輝きを放つのだ。古事記の神話も、茂吉の歌も、身体的直接性の感覚に満ちてゐる。

情報技術がもたらす直接性は、身体を通じた他者との交はりを回避したまま、内的欲望を一方的にぶちまけあふことを可能にする。さうした感覚を抱いたまま他者の身体を目の前にしたとき、それを自分の内的幻想で塗りつぶしてしまふ危険がある。そこには、生命の肯定的発現はありえない。近年、素材や表現がどぎついだけで、深い衝撃力を欠いた詩歌作品が増えてゐるのだとすれば、それはこのやうな内的幻想の埒内へと、詩精神を切り縮めてしまつた結果であらう。

情報技術そのものを悪者にしてみてもはじまらない。好むと否とに関はらず、わたしたちはこの現実を生きねばならない。ただ、その中にあつて詩歌は、いつの世にも変はらぬ、生命の豊かさ、美しさをまつすぐに讃へ、歓び、寿ぐ精神を守り伝へてゆくべきだと思ふ。そしてその精神は、目の前の他者との、身体を通じた交はりの積み重ねによつてだけ、涵養されるのだ。

ふるさとといふ場所

ふるさとに帰つて、一年が過ぎた。

帰郷後間もないある日の夕方、ふと気が向いて、かつて通《かよ》つた中学校まで散歩の足を延ばした。校舎に接して、地域の体育施設が増築されたりしてゐたが、わたしたちが入学する直前に新築された、鉄筋コンクリート造の校舎の姿は、そのままである。ちやうど夕暮れどきでもあり、あの頃のままに、我家への帰り道を、ゆつくり辿つてみることにした。

川べりにある校舎から、こぢんまりした町並みを通り抜けてゆく、ゆつくり歩いて十五分ほどの道のり。途中、あの頃には無かつた広い道路が、古い町並みを横ざまに貫いてゐる。草茫々の空き地だつた場所に、一戸建ての家が建てられてゐる。そして、夕飯支度の買物客でささやかに賑はつてゐた町並みは、人影もなく、しづまり返つてゐる。人々は、幹線道路沿ひにできた、イタリア語の名前の大型店舗へと、自動車で乗りつけるのだ。

だが、そんなことはどうでもよい。私は、遠い日の家路を辿りながら、幸福な眩暈の中にゐた。

目に立つものの変化にもかかはらず、たくさんの微細なものたちが、あの頃とまつたく同じ表情をして、次々と私の目の前に現れてくれたのである。舗道のアスファルトが小さく破損してゐる部分の位置と形。分かれ道の、一方の道の先に見えるなだらかな上り斜面の明るさ。暗渠の金属蓋を踏んだときの音。車道を横切つて、一段高くなつてゐる歩道に足を乗せるときの身体の角度と歩行のタイミング。家屋の壁に赤く大書された肉屋の名前の色褪せ具合。通り沿ひの車庫の中の煤けた薄暗がり。老舗の菓子屋の前を通つたときの、もち米を蒸したやうな匂ひ。

これら微細なものたちに再会したときの思ひは、なつかしさといふやうなものではない。記憶を触媒として、襞のひとつひとつにいたるまで、わたしじしんの身体に出会ひ直し、感じ直してゐるかのやうな、不思議で、生々しくて、なにかに抱き留められるやうな感覚。母校から我家までの、わづか一キロほどの道のりは、東京の全域に匹敵するほどの、豊饒な内容と、陰影と、起伏をもつてゐると感じる。

あの頃、世界は、この徒歩十五分の道程と同じ密度を保つたまま、果てしなく広がつてゐるのだと思つてゐた。その錯覚が、大いなる未知への憧れを育み、私を、長い長い出離の旅へと導いた。その旅のなかで、ふるさととは、とりかへのきかぬ場所であり、私が私であることそのものを保証するやうな、ただひとつの場所であることに、少しづつ気付かされていつた。

私がこの場所に生まれ育つたのは、偶然である。そして、この場所に、子供の歩幅が作り出す濃密な世界像を刻みつけてしまつたのも、偶然である。だがそれは、私がこの世に生を享けたのが偶然であることと同義である。

いふまでもなく、今日の日本においては、都市で生活することと、田舎で暮らすこととの間には、本質的な違ひはない。都市で手に入るもののすべては、田舎にゐても手に入れることができる。逆に、都市において失はれたものを探しに来ても、田舎にはなにひとつ残されてゐない。経済も文化も、風景も風土も、蛍光灯に照らし出された白壁のやうに、均質である。

しかし、いま私が暮らしてゐるこの場所は、たまたま私が生まれ育つた場所であるといふ一点において、他の一切の場所とは異なる、とくべつな場所である。それは、私が生まれたことのとりかへしのつかなさと、私が生きてゐることのとりかへのきかなさとが、そのまま自然でありうるただひとつの場所である。

ふるさとを離れてゐたときも、私はいつも、この場所から歌つてゐたのだと思ふ。そしてこの先も、この場所からしか歌ふことをしないだらう。ひとが表現へと向かふ必然は、おのれが生きてゐることの偶然を、かぎりない驚きをもつて見つめつづけることによつてだけ、保証されるからだ。

マスメディアやマーケットによつて表象される均質な世界が、いまじぶんが息づいてゐる世界よりも広い世界であると感じるのは、幼い錯覚である。そのやうな錯覚から生み出されるたくさんの「表現」は、私の耳を素通りしてゆくだけだ。私はいつも、歌に縁を結んだ人々が、ふるさとから放つ声を待つてゐる。ここで、耳を澄ませてゐる。

歌とふるさと

ふるさとの駅に降り立つ夜の九時昨夜《きのう》の九時の渋谷との距離

十年余り前、離婚して単身上京してゐた私は、東京で見つけた塾講師の仕事を解雇されさうになつてゐた。「あなたには能力がないので、給料を払ひ続ける価値がない」と、はつきり言はれた。さうして解雇の期日まで指定されたのだが、二週間ほどして会社の事情が変はり、解雇はいつたん取り消された。

その後は、いままでとは違ふ仕事を命じられた。近隣の他塾の偵察もした。街をふらついてゐる柄の悪さうな中学生に千円札をつかませて他塾の情報を聞いてこさせろ、とも言はれた。「情報を聞き出して戻つて来たらもう千円あげるよ、と付け加へるのを忘れないやうに」とも……。さすがにそれはできなかつた。結局、最初に宣告されてから二ヶ月後に再び解雇を言ひ渡され、今度は本当に退職した。

そんな日々のさなか、私の作つた短歌作品が、雑誌に掲載された。それが冒頭の歌である。少し前に何気なく短歌を作り始め、せつかくだからと、短歌雑誌に投稿してゐたのだ。選者は浜田康敬氏。特選だつた。嬉しかつた。ひとりで作り始めてたつた一ヶ月ほどの作品だつたので、信じられない思ひだつた。活字になつた自分の歌を、何度も何度も読み返した。これが、歌詠みとしての私の出発点である。

この歌は、この年の夏に帰省した折のことを詠んでゐる。東京駅から新幹線と北陸線を乗り継ぎ、高岡の駅に降り立つたのが夜の九時。昨夜の九時には渋谷にゐたんだな、とふと思ふ。子供の頃から見慣れた、少しくすんだやうな、少し疲れたやうな高岡駅のたたずまひと、つややかに装つた若者や少年少女たちが行き交ふ夜の渋谷との間に、遥かな「距離」を感じた。そして自分が、この遥かな「距離」をたつた二十四時間で移動してゐることが、とても不思議に思へた。

むろんこの「距離」とは、心的な距離である。誰でも気軽に海外旅行に出かけるやうな時代、東京と北陸との地理的な距離など、なにほどのこともない。だが私にとつて、私の生にとつて、この「距離」は大きな意味を持つてゐた。「ふるさと」と「渋谷」とは、別の世界だと思へた。同じやうに車が走り、同じやうにデパートが建ち、同じやうにコンビニの灯が夜を照らし、違ふのはそれらの密度だけだつたとしても、なにか、匂ひが全然違ふ。そこに身を置いたときに感じる、場所のオーラのやうなものが、決定的に違ふのだ。

歌の出発点において、私はこの「距離」を詠つた。その後、東京で職を転々としながら歌を詠み続け、やがて多くの歌仲間と出会ひ、頻繁に歌会に出かけるやうになつてからも、私はこの「距離」の感覚を大切にし続けた。この「距離」の感覚こそが、私の歌の絶えざる源泉だつた。

「距離」にこだはるのは、自分が生まれ育つた場所を強く意識するからだ。他人から見ればありふれた片田舎に過ぎないかも知れぬ場所を、かけがへない場所として、つまり「ふるさと」として、重く、深く意識するからだ。

十代の頃、何もなくて人の目がうるさいばかりの田舎を早く出たいと思つてゐた。そして東京で物書きになつて、好きなだけ自分を表現することを夢見てゐた。だが、念願叶つて上京し、表現を始めたとき、その表現の第一歩がふるさとの歌だつた。その後も、ときどき帰省した折などに故郷の風景や家族や思ひ出などを歌にした。東京の歌仲間たちは

「高島君はふるさとの歌がいいね」と言つて、心からの笑顔を浮かべた。

三年前、東京を引き払つて、庄川町（現・砺波市）の実家に帰つた。この時の私はもう、生まれ育つた場所に帰りたい、そしてそこで年をとりたいと、心から思ふやうになつてゐた。歌に導かれて、いま私はふるさとにゐる。

平和といふ贈り物

帰郷して三年が過ぎた。来年には満四十歳になる。齢を重ねるにつれ、いままで簡単にわかつたつもりでいたことや、ありふれた紋切型として聞き流してゐた言葉が、身を切るやうな現実感と危機感をもつて迫つてくるやうになつた。

平和のありがたさといふことを、こんなにもひしひしと感じたことは、いままでになかつた。若い日には、平和とは、はじめから与へられた当たり前の事実だとしか感じてゐなかつた。与へられた平和の中で、思想のラディカリズムを追求し、世界の総破壊を夢見る自由を享受した。それが悪かつたとは思はない。ただ、わたしたちのラディカリズムや、破壊のイマジネーションには、手厚く守られて育つた者の精神が刻印されてをり、その分迫力を欠き、病的な危ふさを帯びてしまふのは、どうしやうもない。

平和のありがたさを思ひ知つたのは、平和が当たり前のことではなく、文字通り「有り難い」ことなのだと気付いたからだ。わが国が半世紀以上にわたつて平和を享受してこられたのは、誰かの強い意志と、深い知恵と、営々たる努力の賜物である。

わたしたちに絶えず平和をもたらしてくれたのは、殊更に「反戦平和」を叫び、万人の願ひを自分たちの党派的専有物であるかのやうに振りまはしてゐた者どもではない。かうした者どもから「保守反動」と罵られながら、平和の現実的諸条件を構想し、整備していつた人々であり、自己犠牲的な努力で日本の経済復興を牽引した人々であり、そして彼らを支へて勤勉に働き続けた、物言はぬ民であつた。

彼らは、敗戦を境に一切の価値観が転倒したやうな空間とは別の場所に、己れの精神を保ち続けた。彼らは、大東亜戦争を戦つた精神を持続することで、戦後日本に平和と繁栄とをもたらしたのだ。大東亜戦争を過ちとして反省することで平和がもたらされたのではない。平和のありがたさを通じてわたしたちが新たにすべきなのは、「不戦の誓ひ」などではなく、戦中戦後を貫く、父祖たちのこの「精神」にたいするリスペクトである。

玄関にでて手を垂れてあやまりし亡き父よむづかる左翼の前に　　岡井隆

いまわたしは、かういふ「亡き父」の像に、遠く思ひを馳せるのである。

わたしたちは、戦争と平和とを抽象的に対立させて考へることに慣れてゐる。その考へ方で現実世界を見渡すなら、平和は戦勝者による支配としてしかあり得ず、また平和を守らうとすることがそのまま戦争に結びついてゆく成り行きを止めることはできない。戦争と平和とは、分かち難い相互性の中にあり、いつでも一方から他方へと移行する。

大切なのは、わたしたちが享受してきた平和を、抽象的な「状態」としてでなく、父祖たちからの贈り物として認識することだ。父祖たちからの愛として受け取ることだ。世界人類の立場から「戦争と平和」を論じて無色透明な正義を言ひ立てるのではなく、わたしたちに懸けられた父祖たちの思ひを、願ひを、しづかに嚙み締めることだ。

父祖たちの願ひを忘れ、物質的な富と安逸を貪り続けたいがために「平和」の美名を利用して現状維持を図り、自国の過去と未来にたいする責任を回避し続けるとすれば、「亡き父」は泉下に血の涙を流すであらう。民族の誇りを売り渡し、大国に阿《おもね》り、隣国の顔色を窺ひ、無意味な反省といはれのない謝罪を繰り返して父祖の名を辱めることで、わたしたちは一体何を守らうといふのか？　物の豊かさか？　平穏無事な毎日か？　誇りと引き換へに手に入れる安逸を平和と呼ぶのは間違つてゐる。誇りを失つた民族は、戦はずして内側から腐敗し、滅びの道を辿るに決まつてゐるからだ。

わたしたちは、誰に、何を望まれて、この国に生まれてきたのか。わたしたちが手にしてゐる平和といふ贈り物には、誰の、どんな願ひがこめられてゐるのか。このことに思ひを致す者は、安逸を平和と呼び換へ、我儘を自由と呼び換へ、無秩序を多様性と呼び換へるやうな精神を、深く恥ぢるであらう。

諦めの作法

幼い頃に読んだ本や見た映画が強く心に残り、大人になつてからのものの感じ方や考へ方に、深い影響を及ぼしてゐることがある。その影響関係についてはすつかり忘れてしまひ、何十年も経つてから、ふとしたきつかけで思ひ出したりする。

『おしいれのぼうけん』（文・古田足日、絵・田畑精一、童心社）といふ絵本がある。小学校低学年の頃に、読まされて感想文を書いた覚えがある。今も、当時のままの形で書店に並んでゐる。好評のやうで、奥付を見ると、二〇〇五年までに一六八刷を重ねてゐる。初版は一九七四年、ちやうど私が小学校に上がつた年だ。

保育園に通ふふたりの男の子が、先生のいふことをきかずに騒いでゐたので、罰として押入れに閉ぢ込められる。しばらく我慢してゐるうちに、ふたりは、押入れの狭い暗闇が、広大な夜の空間につながつてゐるのを知る。たくさんの鼠を率いる「ねずみばあさん」に追はれながら、ふたりはトンネルを抜け、無人の高速道路を走り、下水道を流され、そして最後に「ねずみばあさん」を撃退して、元の世界に戻つてくる。

押入れといふ、日常の中の狭い空間が、広大な未知の世界につながつてゐるといふ想像が、幼い私を強く惹きつけた。舞台が押入れの中とあつて、絵はモノクロで全体に暗い色調だが、クレヨン画ふうのあたたかいタッチは親しみやすい。三十年ぶりにページをめくつてみて、無人の高速道路の向かうにビル街が見える風景が見開きいつぱいに描かれてゐるところで、立ち止まつた。この寂しい夜の風景が、その後の私の情動を、深く、長く、方向づけてゐたことに気付いたからだ。

思春期になつて私は都会に憧れ、都会に移り住んだ。ときどきひとりで夜の埋立地に出掛け、無人の工場地帯を、足が痛くなるまでさまよつた。機械だけが音を立て、蒸気を吹いて動き続けてゐた。赤白だんだらの煙突が炎を吐いてゐた。かういふ風景の中にゐると、子宮に帰つたやうな怖ろしさとなつかしさを感じた。それと同時に、未来に向かつて、限りない未知の広がりを感じ、慄《をのの》くほどの希望が、胸に湧き上がつてきた。

恐怖に似たなつかしさと、慄くほどの希望の交錯。夜の埋立地の風景に象徴されるイメージは、思春期以来、長く、私の生の実感を保証し続けてきた。

歌に出会ひ、歌ふことと生きることが重なつてくるにつれて、私の中のこのイメージは徐々に薄らぎ、いつしか消えてしまつた。今の私は、このイメージを思ひ出すことはできるが、それを、自分の生の保証として受け取ることはできない。

今の私は、過去に向かつても、未来に向かつても、はつきりとした「限り」をイメージすることができる。日々の暮らしを重ねるなかで、私が生きてゐることのとりかへのきかなさを、深く思ひ知らされたからだ。人が生きるといふことは、可能性ではなく、不可避性を経験することなのだと、気付かされたからだ。この、抜き差しならない〈諦め〉を強ひられることによつてしか、歌は生まれない。そこにしか、歌の根拠はない。

こんど『おしいれのぼうけん』を読み直してみて、ひとつ、大きな違和感を持つた点がある。それは、三十年前に読まされたときには気付かなかつたことだ。

ふたりの男の子が押入れに入れられたのは、昼寝についてゐる他の子の手足を踏んだり蹴つたりしたからだ。それなのに、ふたりは謝らない。暗闇が怖くて先生に謝りさうになるのを、ふたりはお互ひに励ましあつて我慢する。そして他の子たちは、謝らずに押し入れの中で頑張つてゐるふたりを、「えらいな」と思ひはじめる……。

あきらかに他人に迷惑をかけておきながら、いつまでも謝らない態度のどこが「えらい」のだらうか。ここにあるのは、神話的な、おほらかな暴力の肯定などではない。ともかく権威や権力に逆らふことが善なのだといふ、作者のあさはかな観念である。

あの頃わたしたちは、「君たちには無限の可能性がある」と言はれ続けて育った。押入れの中には、たしかに「無限の可能性」がある。だが、「無限の可能性」を追ひ求めてゐるかぎり、押入れの外へ出ることはできない。

死をめがけて、可能性を諦めて生きるとき、はじめていのちの豊饒を感じ、喜び、感謝することができるのだ。

わが過ち

二十年前のことを、このごろよく思ひ返す。当時私は大学生。京都で一人暮らしをしてゐた。私の人生にとつて深刻だつたり、決定的だつたりした出来事は、すべて大学を卒業した後に起きてゐる。学生時代は、おほむね平穏で、のんびりした日々を過ごしてゐた。それにもかかはらず、この穏やかな学生時代に犯したひとつの過ちが、今に至るまで、否、齢をとればとるほど、重く、苦しく私に問ひをつきつけてやまないのだ。

そのころの私は、それまで経験したことのない自由を味はつてゐた。親からの仕送りで生活しながら、好きな本を好きなだけ読み、好きなバンドのライブがあればいつも見に出掛け、先輩や友達と果てしない哲学談義に耽つた。一日の時間を好きなやうに使ふことができた。どれだけでも怠けてゐられたし、したいことだけをしてゐればよかつた。

そんな日々が、一年、二年と続き、三年目も終はらうとしてゐた。この幸福な日々が、私を、私をめぐる状況を何一つ変へてくれないことに、焦りと苛立ちを感じはじめてゐた。大学に入つて都会に出さへすれば、何か劇的なことが向かうからやつてきて、自分を目くるめく未知の世界へ連れ去つてくれるにちがひないといふ観測は、裏切られつつあつた。このままおとなしく卒業して、平凡な大人になることは、絶対に我慢ならなかつた。毎朝満員電車に揺られ、やりたくもない仕事に出掛けては命をすり減らしてゐる「ツマンナイ大人」たちを、深く軽蔑してゐた。ゴミだと思つた。このまま卒業して流されるままに就職すれば、私自身がゴミの仲間入りをしてしまふ。私は、自分がゴミにならないためにどうすればよいのかわからず、途方に暮れてゐた。

昭和天皇が亡くなられたのは、そんなときだつた。崩御をめぐる世間やマスコミの動きは、焦りと苛立ちに澱む私の心に、憎悪の火をつけた。国を挙げて一斉になされる「かなしみ」の所作は、この国には精神の自由などなく、誰もそれを望んでさへゐないことの証しであるやうに思へた。

一方、昭和といふ偉大な時間の終焉にあたつて、何事もなかつたやうに、夜のマクドナルドで談笑してゐる自分と同じ大学生たちに、激しい憎しみを抱いた。永遠の安逸を望み、世界の根底を見ようとしない態度が、度し難い怠惰と映つたのだ。昭和天皇の崩御は、この国を覆ふ欺瞞と安逸とを白日の下に晒したのだと、当時の私は感じた。そして、自分はさういふ欺瞞のシステムを拒否しなくてはならない、そのために行動を起こさなくてはならない、と強く思つた。私はその欺瞞のシステムこそが、「天皇制」と呼ばれるものなのだと考へた。欺瞞のシステムを拒否することは、天皇制を否定することであつた。

やがて私は、学内にあつた新左翼系サークルのドアを叩いた。もちろん当時にあつても、ほとんどの学生にとつては、学生運動など遠い昔の伝説でしかなく、私たちは学内において、少人数の特殊な集団に過ぎなかつた。それでも、同じやうに社会のありやうに対する違和を抱へる仲間たちとともに、学習会をしたり、デモに行つたりするのは楽しかつたし、張り合ひがあつた。それまでの、焦りと苛立ちに鬱々とするばかりの日々は終はりを告げた。運動に参加し、日々を活動に費やしてゐるかぎり、自分は天皇制といふ欺瞞のシステムを拒否し、それと闘つてゐるのだと思ひ込むことができた。

このサークルは、さまざまなフラクションから構成されてゐたが、私が所属したのは、在日朝鮮・韓国人の権利獲得運動や、韓国の民主化運動に連帯するグループであつた。天皇制を否定・解体すべしといふ私の問題意識は、天皇制日本に抑圧され差別されてきた国内異民族への連帯といふ当為を帰結したのである。

今思ひ返してみると、学生運動とはいふものの、闘争方針や闘争形態、現状分析や問題の捉へ方といつた運動の中身について、学生の主体性や創造性が発揮された記憶がほとんどない。私たちのサークルは、市民運動の団体や労働組合などと、よく行動をともにしてゐた。運動のおほよその方向性は、この大きなまとまりの中のどこかで決められてしまつてゐて、私たちはそれに従つて物を言ひ、行動してゐただけだつたのではないか……。今振り返つてさう思ふのだが、当時の私は、そんなことを気にもしてゐなかつたし、問題だとも思つてゐなかつた。そこに私の「過ち」があつた。

私は、齢を重ねた現在の高みに立つて、若き日の、無知ゆゑの輝きを自己否定しようとは思はない。自分ではまだ何一つできない分際で、働く人をゴミ呼ばはりしたことも、当時すでに思想的生命を終へてゐたはずのマルクス主義系統の運動に関はつたことも、自分が日本人であることを問ふことなく簡単に天皇制を否定したことも、すべて若さにおいて許されるべき事柄である。私の言ふ「過ち」とは、そんなことではない。

なぜ若者らしく、自分で運動を作らうとしなかつたのか？　なぜ大人たちの決めた政治路線に何の疑問も持たずに従つてゐたのか？　たんに「俺は闘つてゐるんだ」といふアリバイが欲しかつただけなのか？　集団内での居心地良さに溺れて右へならへしてゐるだけなら、お前が否定してゐる「天皇制」と同じではないか……。

当時私は、主観的には、北朝鮮は最悪の国家だと思つてゐた。日本やアメリカよりも先に打倒されるべきだと考へてゐた。「民衆の解放」を第一義に考へるなら、それは当然だ。大韓航空機爆破事件の記憶が生々しかつたあの頃、運動内では、北朝鮮を公然と賛美する人はほとんどゐなかつた。が、公然と批判する人もゐなかつた。「北朝鮮」といふ呼び方は憚られ、「共和国」と呼んでゐた。

私は、決められた通りに、韓国大統領の訪日に反対し、日米韓合同軍事演習に反対し、韓国の反体制民主化運動への連帯を表明した。日韓の民衆の利益からいつて、明らかに偏向したこれらの闘争方針が、一体誰を利してゐるのか、主体的に物を考へてゐれば、すぐに見抜けたはずだ。私は自覚なきまま、ピョンヤンの意向に忠実に従つてゐた。あの頃私はよく、巨大なマスゲームや〝世襲制社会主義〟を話の種にしてゲラゲラ笑つてゐた。本当に笑はれるべきなのは、私の方であつた。

運動から退いて十数年、歌を通じて日本人としての誇りに目覚めたはずの私は、ごく最近に至るまで、あの頃に植ゑつけられた民族的罪責感から自由でなかつた。「拉致」と「強制連行」とを相殺的に捉へる見方を払拭できなかつた。あの頃にもつと主体的に運動に関はつてゐたら、「強制連行」といふ言葉にひそむ政治的詐術にも、もう少し早くに気付けてゐただらう。「若気の至り」は、きちんとやりぬかねばならない。

高円寺の思ひ出

1

　今からちやうど十年前、三十歳になる年に、高円寺に住み始めた。上京して三年目、それまで暮らしてゐた郊外の街のアパートを引き払つて、いよいよ東京二十三区内での生活が始まつた。とはいふものの、当時の私は解雇に続く不安定なアルバイト生活を送つてをり、職場でのトラブルも絶えず、先行きには何の見通しもなかつた。もうすでに、そんなに若くもなかつた。

　高円寺のアパートは、ＪＲ高円寺駅から徒歩十分足らず、住宅が密集する比較的静かな場所にあつた。木造モルタル二階建ての古い建物で、二階の、四畳半と三畳二間の部屋を借りた。風呂無しトイレ共同で家賃は三万円。東向きの窓に差す朝日がきれいで、低い家並みの向かうに銭湯の煙突が立つてゐるのが見渡せた。

同じ二階に住む人が二人。隣の男性は四十代ほど、向ひの青年は、私より少しだけ若いやうに見えた。

隣の男性は、夜中の二時か三時頃に、いつも酔つ払つて帰つてきた。部屋の鍵をうまく挿せないで床に落としたらしい音を何度となく聞いた。いつも人を罵るやうな声をあげながら部屋に入つてゆく。壁が薄いので、隣の物音がつぶさに聞こえる。彼は夜中にいつも長々と何やら不平を言ひ連ね、ときに激して叫び声を上げた。最初は電話で誰かと話してゐるのかと思つたが、そのうち全部ひとりでしやべつてゐるのだとわかつた。

真夏のある晩、夜中の一時頃に私が帰宅すると、隣室から彼が出てきた。「高島さん、救急車を呼んでください。胸が苦しいんです」と、か細い声で訴へる。随分痩せて、サングラスをしてゐる。私はすぐに自室の電話で救急車を呼んだ。間もなく救急隊の人が彼を抱へて連れて行つた。彼は栄養失調で目が見えなくなつてゐた。おそらく、職を失ひ、金も底をつき、電話も止められ、暑い中、何日も何も食べずにゐたのだらう。

向ひの青年は、最初会つたときは、脚を怪我して松葉杖をついてゐた。礼儀正しかつたが、目つきはするどかつた。明け方に帰つてくることが多かつた。ときどき何人かの男たちがやつてきて話し込んでゐることがあつた。話の内容はわからなかつたが、何やら険悪な雰囲気は伝はつてきた。そのうち彼の部屋のドアには、借金の返済を督促する貼り紙が貼られた。事務的な文章が印刷されてゐる上に、赤いマジックで「必ず返せ」「連絡しろ」と大書してあつた。

ある晩、私はドアをノックする音で目を覚ました。出ると、このアパートにふさはしからぬ、小奇麗な身なりをした紳士が二人、マイクなど携へて立つてゐた。「日本テレビの者ですが、向ひの○○さんのことで、何かご存知ですか?」……瞬間的に、昨夜職場のテレビでちらと耳を掠めたニュースに思ひ至つた。たしか高円寺と言つてゐたな……。私は、身の回りの人についての情報を、警察やマスコミに話すことには強い抵抗があり、何も知らないと言ひ続けて帰つてもらつた。

新聞によれば、彼は元大川興業の芸人で、それを辞めたあと歌舞伎町のぼつたくりバーの店員になつたらしい。客に大量の酒を飲ませ、酔ひ潰れたところでポケットからカードを抜き取るといふことを繰り返してゐた。あるとき、滅法酒に強い客がゐて、いくら飲ませても潰れなかつた。そこでその客に暴行を加へ、死に至らしめた。その件で、彼は逮捕されたのである。

そしてこのアパートのすぐ隣には、某広域暴力団の大親分の豪邸があつた。堂々たる門扉には監視カメラが取り付けられ、塀の上には侵入防止のためであらう、先の尖つた鉄の棒が並んでゐた。千葉で出入りがあつたとき、しばらくの間、邸の周りを若い衆が二十四時間体制で警備してゐた。私のアパートの入口にも立つてゐた。何週間かの間、出掛けたり帰宅したりするたびに、極道の若者と顔を合はせなくてはならず、さすがに参つた。

ただ、抗争や住民とのトラブルなどには一度も遭はなかつた。黒い服を着て一目でそれとわかる男たちが、親分のお出ましを待つ間、グローブをはめてキャッチボールを楽しんでゐた。また、若い衆たちが、組の紋を刺繡した揃ひのジャージを着て、自転車で買ひ物に出掛けるのをよく見かけた。その自転車の泥除けには、ちやんと「〇〇一家」と書いてあつた。誰も盗らないだらう。

当時の私には、この場所が終の棲家のやうに思へ、不思議に居心地がよかつた。五年半の歳月をここで過ごした。私の最初の二冊の歌集は、この場所から生まれたのである。

2

私自身の暮らしぶりのひどさも、相当なものであつた。高円寺の部屋で真つ先に思ひ浮かぶのは、ガラスのテーブルの上に所狭しとひしめき立つ空罐だ。ほとんどが罐コーヒーだつた。いふまでもなく、飲み終へた後、洗ひ場に持つて行つて中を濯ぎ、一箇所にまとめておくといふだけの作業が面倒で、そのままテーブルの上に放置し続けてかうなるのである。しかも中身を飲み残したまま何日も放置することがよくあつた。さういふ場合、中身がドロドロに固まつて穴から出にくくなり、濯ぐのが手間になるうへ、シンクにぼとりと落ちた黄濁色の蛞蝓《なめくぢ》みたいな塊を手でつまんで処理しなくてはならなくなる。

古いアパートで、鼠もよく出た。夜中に天井裏でバタバタと運動会をやつてゐるだけなら、これも風情と気にならない。が、部屋の中に降りてくるやうになると、少し厄介だ。コードを齧る。ごみ屑やビニールの切れ端などを集めてきて、本棚の裏に基地のやうなものを作る。糞をする。湿つた足でそこら中を歩くので、部屋の何もかもが湿つぽくなる……。

一番悔しかつたのは、コンビニで買つた新商品のパンを、帰つてから食べようと部屋に置いておいたら、先に端つこを齧られてしまつたことだ。もつたいなくてならず、鼠様の食べ残しをありがたく頂いた。美味しかつたかどうかは覚えてゐない。たぶん美味しかつたのだらう。結局、鳥もちを仕掛けて退治した。

冷暖房がないのは当然として、テレビアンテナの引込線もなかつた。はじめのうちは室内アンテナを付けて見てゐたが、映りも悪く、そのうちテレビそのものに興味がなくなり、まつたく見なくなつた。読まないまま貯まるだけなので新聞もとらず、外食とコンビニで飲食を済ますので、ガスも引かず、冷蔵庫もなかつた。本棚と文机だけが、圧倒的な存在感を放つてゐた。

二間を仕切る柱に、濃い鉛筆でなにやら書き付けてあるのは早くに気付いてゐた。私より前にこの部屋に住んでゐた人の手の跡だらう。特に気にもせずにゐたのだが、ある時、何が書いてあるのかと、目を凝らして読んでみた。読み取りにくい字だつたし、記憶も確実ではないが、およそ次のやうなことが書いてあつた。《昭和〇〇年〇月〇日、小生、竹馬の友〇〇とともに……突然地震を感じる。すぐにラジオをつける。反応なし。高円寺だけが揺れている。思うに、これは自律神経失調症……》

前に住んでゐた人の手の跡は、もうひとつあつた。柱のと同じ人かどうかはわからないが。ある日、布団に仰向けに寝そべつてゐると、すぐ右手の押入れの襖が開いてゐて、なんとなく中に目をやつた。押入れの上下二段を分ける木の板の下側の面に黒マジックで一字、大きく書き付けてあるのを見つけた。「怨」と……。これを、押入れの中に入つて身を捩りながら書き付けた人の気持ちを想像してみた。何があつたのだらうと考へてみた。かつてこの部屋に住みながら、世界を呪ひ続けてゐた、見も知らぬ誰かのことを……。

よくあんな生活をしてゐたな、と、今は思ふ。けれども当時は自分が特にひどい暮らしをしてゐるとも思はず、楽しく、のびやかな気持ちで日々を過ごしてゐた。それは、どんな人間でも受け容れ、どんな人間でも温かく放つておいてくれる、高円寺といふ街の空気のおかげだつたと思ふ。「変り者」が、責められもせず、笑はれもしない街。高円寺の住人どうしで、近所付き合ひも友達付き合ひもまつたくなかつたのに、ここで暮らした五年半の日々、私はいつも、何か温かいものに包まれ、守られてゐるのを感じてゐた。

ある休日、部屋のドアをノックする音がした。出てみると、中年の男性が一人立つてゐた。印鑑のセールスだと言ふ。持ち主に幸運をもたらす印鑑を売つてゐるのださうだ。もちろん、私はこの種のものにはまつたく興味がないので、早々に断らうとしたのだが、その前に、男性が私の顔を見て言つた。

「…でも、あなたには必要ないかも知れませんね。守護霊が強いですから」

「守護霊が強い」といふ言葉が、不思議と腑に落ちた。思ひ当たることがあると感じた。自分の得にならないはずの男性のこの言葉は、自信と希望を失くして引つ越してきた私への、高円寺の街からの贈り物だつたやうな気がしてゐる。

二

真言《まこと》の輝き

近頃、学校教育の中に、ディベートといふものが採り入れられてゐるらしい。任意に設定されたテーマについて、生徒たちを無作為に賛成・反対の二つのグループに分け、討論をさせるのだ。これまで日本人に欠けてゐると言はれてきた、論理的な説明能力や論争能力を養はうといふのであらう。

私は、このやうな「教育」を受けずに済んだことを、天に感謝したい。この「教育」は、われわれの文化と人倫を、根底から破壊しようとするものである。

言葉とは、人の「思ひ」である。切なる「思ひ」が、おのづから、誰かに呼びかける言葉となつて溢れ出すのだ。言葉が、その人の「思ひ」そのものであること、すなはち真《ま》言《こと》＝誠こそは、人と人とが共に生きて行くことの喜びと安らぎの大本である。

「任意に」設定されたテーマについて、「無作為に」賛成・反対に分かれて討論するなどといふことが、教育の名において平然と行はれてゐることに、私は、戦慄する。あらかじめ切なる「思ひ」から切り離された言葉を、他人を屈服させるための道具として使ひこなす訓練が、教室の中で、授業として行はれてゐるのだ。

人がなにかについて、賛成したり反対したりといふ意見を持つのは、日々の暮らしのなかでなにかを強ひられ、避けがたく「思ひ」を募らせる場合だけである。さうでなければ、その意見には、意味も力もない。ものの意見といふものは、究極的には、叫びである。論理的な正しさを基準にして、選択されるやうなものではない。

血の通はぬ論《あげつら》ひによつて言ひ負かされ、「思ひ」を否定された者の心は、けつして納得しない。納得しない心を沈黙の沼に置き去りにして、議論は先へ進む。やがて嵩を増した沼は決壊し、論ふ者を足元から呑み込むであらう。

西欧の高度な弁証法的知性は、ディベートなどといふあさはかな企てを嘲笑するだらう。だが、言葉の闘争を通じて、より善なるものが生み出されるといふ考へにおいて、両者は共通してゐる。この考へ方は、こんにち、広汎に支持され、疑はれることがない。議論し、論争することは、ためにするのでない限り、つねに生産的、発展的な営みであると信じられてゐる。

ほんたうにさうだらうか。

言葉は、誰かを攻撃するために組織されるとき、のびやかな真言《まこと》の輝きを失ふ。相手をねぢ伏せ、おのれを優位に置きたいといふ血腥《ちなまぐさ》い欲念が、言葉を濁らせるからだ。このとき人は、攻撃する相手を傷つけるだけでなく、おのれ自身を穢し、傷めてゐる。かうして人々は、穢れた言葉を投げつけて果てしもなく傷つけあひ、こんにち見るやうな、悲しむべき世界を作りなしてゐる。

詩歌に携はるといふことは、言葉をこのやうには扱はないといふことだ。言葉を、「思ひ」の発露としての、真言《まこと》の輝きのままにとどめおくといふことだ。言霊を信頼し、論ひを捨てるといふことだ。

理解してくれない人に自分の「思ひ」を伝へようとして、人はすぐに、論理的な説明の言葉を組織する。だが、言葉の力とは、もつと広大なものである。説明することなく、ましてや相手を攻撃することなく、ただ、すなほな「思ひ」のままに溢れ出す言葉は、必ずや、心ある人の胸に届くのである。すぐには届かなくとも、いつかは届くのである。人に届かなくとも、天に届くのである。そのことを信じ、祈る営みを、詩歌といふ。それは、人と人とが、穢れた言葉でもつて争ひ、傷つけあふ世界とは別の世界に、おのれの矜持と、喜びとを見つけ出す道である。

私はなにか、特別なことを言はうとしてゐるのではない。報いを求めることのない真言《まこと》の輝きは、いまもなほ、常民の日々の暮らしのなかに、さりげない光を放ち続けてゐる。それは、マスメディアや社会科学によつて捉へられることのない、もつともありふれた、無名の光である。果てしない愚かさと、限りない悲惨にまみれながら、なほ、人の世の営みが絶えることなく続いてゆくのは、このやうな無名の光があるからだ。そしてこの無名の光から、詩歌が生み出される。詩歌はいつも、常民の暮らしとともにある。すなはち、もつとも広く、大きな世界のうちにある。そのことを、私は疑はない。

日本語の山河

短歌の英訳を目にすることが多くなつた。歌人が自作の短歌を英訳したものもあれば、高名な歌人の歌集が英訳出版されたものもある。また、日本の短歌に感化された外国人たちが、それぞれの母国語で、短歌の形式に倣つた短詩を創作してをり、それを外語短歌として認知してゆく動きについても、よく見聞きする。

かうした動きは、国際的な人的交流がますます活発に、ますます容易になつてゆく現状からしても、また、短歌が人の思ひを叙べ、いのちのほとばしりを伝へるといふ、詩歌としての普遍的本質を湛へてゐることからしても、ごく自然な成り行きであると思へる。そして、自分が愛し、携はる母国の短詩型文学を、国際化してゆく世界の中で輝かしめたいといふ情熱に駆られる歌人がゐることも、よく理解できる。

そもそも近代短歌は、国際化を強ひられる中で生まれたものであつた。

代々の勅撰集の如き者が日本文学の城壁ならば、実に頼み少き城壁にて、かくの如き薄ツぺらな城壁は、大砲一発にて滅茶滅茶に砕け可申候。……（中略）……外国の髯づらどもが大砲を発たうが地雷火を仕掛けうが、びくとも致さぬほどの城壁に致したき心願有之……

（正岡子規「六たび歌よみに与ふる書」）

かうした、ナショナリスティックな危機感から生まれた近代短歌は、「代々の勅撰集」に集約される、従来和歌の美的概念とその規範性を破壊し、一切の約束事を排して「思ひのままを叙べる」ことを身上とした。かうして近代短歌は、身分階層を問はぬ詩としての普遍性を獲得し、もつて近代国民国家の創生に対応した国民文学の一翼を占めたのである。近代短歌が獲得した、この詩的普遍性こそが、こんにち「短歌の国際化」を可能にしてゐる。高度に洗練された約束事の体系を前提とする旧来の和歌は、外国人にとつては、研究の対象とはなり得ても、活きた創造の器とは見なし得ないであらう。

けれども一方で、近代の日本にあつて、次のやうな歌が詠まれてもゐるのである。

年のうちに春立つけふはかはりなきけしきもをかしこゝろもうきて

保田與重郎『木丹木母集』

あづさ弓春のこの日の花しづめわれはもかざす花の一枝

右一首、鎮花祭。（〃）

歌集の冒頭、かうした歌々に出会つて、なにか、やさしいなつかしい風にふはりと包まれたやうに感じる。ここにあるのは、普遍的な人間＝個人としての自己表現ではない。独創を求める心でもない。表現に向かふ意志が、和歌の歴史のなかで磨かれてきた美的約束事の宇宙へと帰順してゆく姿である。「こゝろもうきて」「われはもかざす」といふやはらかな自己描写のなかに、高度に近代を経験した精神が、己れを滅却してゆく過程を感じ取ることができる。ここに見られる詩精神は、無媒介に普遍化・国際化されることを拒否してゐる。この詩精神を共有するには、民族固有の美の秩序への帰服が求められるからだ。

ふるさとの山河のなつかしさを理解するのは、ふるさとに生まれ育つた者だけである。日本語といふ山河もまた同じである。母の声に日本語の歌を聴きながら幼い眠りに就いた者だけが知る山のかたちがあり、川のすがたがあるのだ。

子規たちは、破壊的ともいふべき和歌革新を行つたが、この伝統詩型そのものを廃絶しようとはしなかつた。普遍化不可能な民族固有の核を残さなければ、国を創ることも守ることもできないからだ。それは、近代天皇制が、西欧流の立憲君主制に還元し切れないのと同じである。

私が短歌に携はつてゐるのは、国際化に背を向けたいからであり、外国人に理解されたくないからである。歌詠みとしての私はいつも、日本人だけが理解できる何かを確かめたいといふ思ひのなかにゐる。私には、短歌の滅亡を心配してゐるゆとりはない。

王者の業《わざ》

昨年刊行された、三枝昻之『昭和短歌の精神史』（本阿弥書店）は、昭和戦前から戦中、敗戦後の占領期にかけて、懸命に時代に向き合つてきた歌人たちの姿を、深い共感をもつて描き出した労作である。困難な時代状況に対し、心を引き裂かれながら、全身で立ち向かつてゆく歌人たちの姿は、気高く、美しい。私は、ここに描かれた人々を先人として持つことに誇りを感ずる。そして、この人々が担つてきた詩形に携はつてゐることを、この上なく幸福なことと思ふのである。

だが本書は、歌人たちが経験した忌まはしい出来事をも生々しく描き出してゐる。昭和十五年の大日本歌人協会解散事件である。

同年十月、太田水穂・吉植庄亮・斎藤瀏の連名で、大日本歌人協会解散勧告書が出された。協会は「個人主義自由主義幹部の動きに支配され剰へ迷彩を施せる共産主義の混在をも容認しつつ」あり、国家の非常時、高義国防国家体制（総力戦体制）への翼賛が求められる中にあつて、はなはだ有害であるから、解散せよといふのである。この勧告に至る流れの中で、たとへば土岐善麿の「遺棄死体数百といひ数千といふいのちをふたつもちしものなし」を、大陸での日本軍による殺戮を非難したものとして問題視し、また、土岐の歌集を支持した人々を危険な「自由主義者」として指弾するといふやうなことが行はれた。

そして、解散をめぐる協会の臨時総会に際し、太田水穂が懐からふくさ包みを取り出して掲げ、「この中に調べがついてゐる、これを公表すると犠牲者が出るがそれでもいいか」と恫喝して解散を迫つた。協会は解散した。

六年後、同じ風景は繰り返された。歌壇における「戦犯探し」である。

昭和二十一年、ＧＨＱによる「軍国主義者」の公職追放に歩調を合はせ、文学の世界でも戦犯の追及が始まつた。それを受けて歌壇においても、戦犯探しが行はれた。三枝は、「人民短歌」誌上における、渡辺順三の次のやうな発言に、時代の狂気を見てゐる。「我々は私情に於て忍びないことがあつても戦争責任追及はポツダム宣言履行のための公的な仕事であるから、公正且つ厳密にやりたいと思ふ。」そして、戦時中の作品の内容や質とは無関係な基準によつて、歌人たちは進歩派と戦犯に色分けされていつた。

大東亜戦争を挟み、六年を隔てて起きたこの二つの出来事には、同質の忌まはしさが感じられる。この二つの出来事は、同じやうに忌まはしく、同じだけ忌まはしいのだ。私が詩歌に携はる者である限り、この二つの出来事を比較して、いづれか一方がもう一方よりも、ほんの少しでもマシであると考へるやうな考へ方を、絶対に認めない。

これらの出来事が忌まはしいのは、歌人が権力と結びついてゐるからでもなければ、表現の自由を侵犯してゐるからでもない。歌人が、その言動によつて、おのれが歌人であることを裏切つてゐるからだ。歌人みづからが、短歌を、「高義国防国家」や「ポツダム宣言」に従属させてしまふとき、目に見えぬ歌の宇宙は、目に見えるものの力に売り渡され、歌は歌であることをやめる。かうして歌の宇宙を売却した者どもが、なほかつおのれを歌人であると思ひ、歌人であると名乗るとき、短歌は、文芸とは別の、何か他の目的のための道具となる。そこに立ち現れる欺瞞と退廃は、犯罪と呼ぶほかないものだ。戦争を挟んで起きたあの二つの出来事の、どちらか一方を他方よりマシだと考へることは、この犯罪の犯罪性を認識しないことを意味する。

こんなことは二度と繰り返してはならない、と、誰もが思ふであらう。しかし、事はそれほど容易ではない。「反戦平和」とか「テロは許せない」とか「地球環境を守れ」とか「煙草は体に悪い」とかいふやうな、抗言を許さぬ構へで社会に浸透してゐる価値判断が、ひとたび権力として迫つてきたとき、わたしたちは従属を拒否し抜くことができるだらうか。

気高く歌ひつづけた昭和の歌人たちの姿を思ひ起こさう。詩歌は、この世の勝者ごときが支配しうるものではない。この世の道徳や社会正義に拘束されねばならぬいはれもない。詩歌とは、王者の業なのだ。

小池光における〈日常〉

1　〈日常〉とはなにか

わたしたちが考へるやうな〈日常〉といふものは、近代になつてはじめて出現したものである。近代以前の世界では、人々は、いつでもどこでも霊的なものの力を感じつつ、日々の暮らしを営んでゐた。したがつて、近代以前の世界にあつては、祝祭の時空のみならず普段の生活においても、この世ならぬ世界の影が差さぬ時はなかつた。近代における〈日常〉が、無色透明な物質性にのみ支配されてゐるのとは、まつたく違ふのである。

和歌は、原初の呪的歌謡から、都市文明を背景とする文学の営みへと変容した後も、ある完結感を具へた美的啓示として、彼岸の世界からの贈り物であり続けた。そしてそれは、いはゆる近代短歌、現代短歌においても、基本的には変はらなかつた。

朝床に聞けば遥けし射水川朝漕ぎしつつ唱ふ舟人　大伴家持
ふりよわり又ふりまさり夜もすがらたゆまぬ雨の音に明けぬる　京極為兼
硝子戸に風の音する折ふしをいたくやさしと思ふことあり　佐藤佐太郎

古代から近代まで、日常を詠つた作品を選んでみた。これらの作品は、和歌（短歌）が、日常のふとした瞬間に美的啓示として立ち現れることを示してゐる。家持歌は、眠りから覚めてゆくときの意識の中に美的な構図を見て取り、為兼歌は、雨が降り続いた一夜を、ある完結した時間性において捉へ、佐太郎歌は、何気ない一瞬の何気ない心の動きの中に、なにか普遍的なものへの通路を見出してゐる。いづれも、日常の時間の流れの中に、世界が美しく完結する瞬間を見つけ出し、作品化してゐる。

わたしたちにとつての〈日常〉が、とりとめのない物質性の連鎖としてあるならば、美的完結性に貫かれたこれらの歌は、〈日常〉を超えた世界からの啓示であるといふほかない。これらの歌は、〈日常〉をより高次の精神によつて捉へ直し、包み込むのである。けつして〈日常〉それ自体を描いてゐるのではない。歌とはいつもさうしたものだつた。それは、人々が日々の暮らしの中に、いつも目に見えぬ大きな力を感じてゐたこととひとつである。

ところが近代に入つて、歌の世界にこれとは異質な精神が持ち込まれるやうになつた。

人皆の箱根伊香保と遊ぶ日を庵にこもりて蠅殺すわれは　正岡子規
いきどほろしきこの身もつひに黙しつつ入日のなかに無花果を食む　斎藤茂吉
雛三羽親鳥むかへ口をあく吾が娘等三人朝の諸を食ふ　土屋文明

これらの歌の魅力は、高次の世界からの美的啓示を受け取ることではなく、〈日常〉の現実感をそのまま受け取ることの中にある。これら三首に共通するのは、自分や家族の振る舞ひに対する批評的な視点である。批評性は笑ひを生む。近代において霊性を失つた〈日常〉の現実感をそのまま描かうとするとき、表現は必然的に批評性を帯び、笑ひを生む。それは、美的啓示にうたれて戦慄することとはまつたく逆に、物事が美的な完結感を裏切つてゆく中にリアリティーを見ようとする表現態度である。

小池光の作品について、日常に根差すすぐれた批評性がよく指摘されるが、まつたく同感である。

授業
栗つぶほどの熱心もなくなりてのち教ふる技《わざ》はいささかすすむ　（『滴滴集』）

講演会
聴衆にねむる人かならず居りたればねむりの品《ひん》をわれ観相す　（〃）

耳垢《みみあか》のわづかなるもの掘りあてて一日の責《せき》はこれきりに終《を》ふ　（『時のめぐりに』）

かうしては居られぬと日にいくたびもおもひつつゐてかうしてぞ居る　（〃）

だが、これらの歌を、先にあげた近代歌人たちの歌々と比べると、スタイルの類似、あるいは継承にもかかはらず、なにかが微妙に、しかし決定的に違ふ感じがする。

近代歌人たちは、〈日常〉の現実感を描かうとして、おのづから批評性に行き着いたのに対し、小池作品の場合は、作者の意識の中にはじめから批評的な構へがあり、それを作品化するときに、〈日常〉を詠ふことが意識的に選び取られてゐるやうな感触がある。「栗つぶほどの」「ねむりの品《ひん》」「観相」「責《せき》」といふやうな、ことさらに古風な語彙で把握されるとき、〈日常〉は微妙な異化を被る。この異化の本質と必然は、どこにあるのだろうか。

2　侵食される〈日常〉

わたしたちが生きるこの現在において、なほ〈日常〉の現実感そのものを追求しようとすると、たとへば次のやうな表現に行き着く。

雨の県道あるいてゆけばなんでしょうぶちまけられてこれはのり弁
（斉藤斎藤『渡辺のわたし』）

東京23区推奨のむこうの小倉優子と三度目が合う
（〃）

公園のベンチで笑う　事件とは関係のない映像みたく
（〃）

わたしたちが生きる〈日常〉とは、このやうなものだ。日々の生活意識は、「のり弁」

「小倉優子」といふやうな、商品として差異化された無数の情報によつて、侵食され、寸断され、連続性と自立性を奪はれてゐる。一首目の「のり弁」は、コンビニ等で商品として規格化されたもので、「小倉優子」と変はりない。ぶちまけられてゐるものが何かの食べ物だといふだけではなく、規格化された「のり弁」だといふところまで、ごみ袋に突つ込まれて透けてゐるものが何かの雑誌の表紙だといふだけでなく、その表紙を飾つてゐるのが「小倉優子」だといふところまで、意識が引き絞られてしまふところに、現在のリアリティーが存する。そして、三首目に至つては、〈日常〉の時間性が、丸ごと、情報の紋切り型によつて乗つ取られてゐる。

小池の表現意識が、〈日常〉のかかる変容を取り込んでゐることはもちろんである。

ルワンダ内戦

フツ族が殺したる百万のツチ族をおもはむとしておもひみがたし　（『滴滴集』）

わが一生の間《ま》の出来事にアラル海が二十分の一にまでちぢまりぬ　（『時のめぐりに』）

これらの歌では、〈日常〉に闖入してくる情報に対し、固有の生活意識を堅持したまま向き合つてゐる。一首目「おもはむとしておもひみがたし」とは、突然もたらされた情報が、自分自身の生にとつて必然的な関はりを想定しえぬものであるといふ判断である。二首目の「わが一生の間《ま》の出来事に」といふのも、逆説的に、もたらされた情報が「わが一生」とは関はりないものであることを示してゐる。

かうして小池にあつては、情報化によつて変容した、現在の〈日常〉に対しては、明確に距離が設定され、違和が表明されてゐる。その点、かかる〈日常〉を自らのリアリティーとして提示する斉藤とは、立場を異にしてゐる。

もつとも小池には、かうした事態を受け容れて、楽しんでみせてゐる歌も多い。

人にいふことにあらねどなにげなし躑躅と髑髏かんじ似てゐる　（『滴滴集』）

オーストラリアと福島県とかたち似ると小学生言ひわれ同感す　（『時のめぐりに』）

生き別れしたる母子《ははこ》のものがたり天津《あまつ》羽衣《はごろも》、天津甘栗《てんしんあまぐり》　（〃）

このやうな、まつたく無関係なものどうしの外形の類似へと意識を末梢化してゆく感覚は、斉藤作品が提示するリアリティーに、かぎりなく近接してゐる。だがそれとても、人に言ふことではないが、とか、小学生が言ひ出したことだとかいふことわりが入つたり、生き別れした母子といふ古風な題材へとイメージを運んだりして、ある距離感を表出してゐる。

つまり小池は、現在的に変容した〈日常〉を鋭く認識しつつも、その現実感をそのまま表現しようとはしてゐない。現在の〈日常〉それ自体に対しては距離と違和感を表明し、表現の根拠は、それとは別の場所に設定してゐる。その別の場所とは、いかなる場所なのであらうか。

3　近代への帰順

小池の、現代的な風景に対する違和感は、次のやうな歌々に、いつそうはつきりとあらはれてゐる。

糸楊枝なるものをもて歯のすきませせるよろこび病理に似たり　　(『滴滴集』)

カラスの巣
はりがねのつき刺さる巣をふるさとに巣立ちゆくものを鳥とおもはず　（〃）

仮名遣
いまの世に書かるる文《ぶん》の旧かなは金魚の鰭《ひれ》のごとき感じをあたふ　（〃）

爪
足の爪にぬりし塗料を比べあふむすめ二人をわがもてりけり　（〃）

携帯電話「マナーモード」
内隠しにありて蟇《ひき》鳴くあやしさに礼節着信の蠢動みたび　（『時のめぐりに』）

小池が詠ひたいのは、現在の〈日常〉の現実感そのものではない。小池の日常詠の根拠にあるのは、かつてあつた〈日常〉、より正確には、〈日常〉に対してかつて成立し得た表現意識への郷愁である。この郷愁が、小池の描く〈日常〉に異化をもたらしてゐるのだ。したがつて小池にとつての〈日常〉とは、客観的現実ではなく、小池ひとりの心の風景であり、小池ひとりが孤独に構築する伽藍である。そこにはもちろん、近代歌人たちへのリスペクトがこめられてゐる。

小池の歌業の現在的意味は、その批評性も含め、表現意識のすべてをあげて、失はれた〈近代〉へと帰順してみせてゐることにある。それは、近代短歌の手法をそのまま墨守して歌を作り続けることとはまつたく正反対の、危機感に裏打ちされた創造的営為である。その意識され、選択された、過去への帰順の身振りによつて、〈日常〉は異化され、独自の作品世界を生んでゐる。

指の腹に白歯《しらは》をこするとき鳴れり口のなかより雁《がん》の音《ね》きこゆ　（『時のめぐりに』）
座り猫ふりむくときになにかかう懐手《ふところで》する感じをかもす　（〃）
砥部焼《とべやき》の筆立てながく卓にあり竹のみみかきほか差しながら　（〃）

かうした歌々からは、安らぎに似た、豊かな時間感覚が伝はつてくる。物質的な〈日常〉の描写に徹し、批評的な笑ひを湛へながら、なにか美的な奥行きや陰影を感じさせる。過去に向けて異化された〈日常〉描写は、ここに至つて、あの美的啓示としての歌の姿に近づいてゐる。

〈近代〉へと帰順してみせることは、〈近代〉をある美的様式性において受け取ることを意味する。だから小池の歌がこのやうな美的完結性へと近づいてゆくのは、必然的である。小池の歌の背後には、いつも、近代短歌を作り上げてきた先人たちに対する、また近代日本を作り上げてきた父祖たちに対する畏敬と感謝がある。それは、批評性といふ含羞の彼方、小池の創造精神の中核をなしてゐる。

はるかなる野辺の送りに野球帽子とりて礼《ゐや》せり少年われは　（『草の庭』）

この詩型に拠るかぎり、過去から伝へられたものの中に、目の前のとりとめない現実を超えた価値を見出さうとすることは、必然的である。先人たちの営みを美的様式として受け取り、その中に、〈日常〉を超えた世界を感じ取らうとすることは、必然的である。歌はいつもさうしたものだつた。近代に入つて、人々が霊性を失つた〈日常〉の中に放り出されたあとも、この詩型は、批評的な笑ひへと傾く一方で、ひそやかに、美的啓示を紡ぎ続けた。そしていま、その近代をリスペクトする小池の試みは、この、連綿たる歌人の習ひを繰り返すのである。

伝統とは、なんらかの実体や知識としてあるのではない。過去に憧れる心の動きそのものが、伝統の証である。過去への憧れが、その都度その都度反復されることの中に、わたしたちの魂のふるさとが立ち現れるのだ。

四半世紀前、小池は、第一歌集『バルサの翼』のあとがきの中で、「ぼくは歌を〈作って〉きたのである。歌をうたったのでも、詠んだのでもなく、歌を作ったのである。」「〈伝統詩〉としての短歌、という発想ほどなじめなかったものはない。」と書いてゐる。いま小池が辿り着いた場所から振り返ると、この若々しい言葉は、実に感慨深い。それは小池の作品や作歌理念が、たゆみなく重心移動を続けてきたことを物語るだけではない。この四半世紀の間に、この国の精神史が大きく転回したことを、あらためて思ひ知らされるのだ。

強靱な批評性を保ち続けるこの歌人が、現在的〈日常〉の空虚をくぐつて（『日々の思い出』の時期）、やがてゆつたりと、伝統の陰影を身に帯びてゆく道行きは、いま、わたしたちがこのやうに生き、歌つてゐることの精神史的必然を、くつきりと照らし出してくれるのだ。

過去からの光

歌を作り始めて十年が経つた。何も変はらない。十年前、何か特別なきつかけがあつたわけでなく、ごく自然に、当たり前のやうに、歌を作り始めた。その後現在に至るまで、歌は空気のやうに私の身に添ひ続けてゐる。表面上の、あるいは表現上の紆余曲折にもかかはらず、私の生と歌との繋がり方は、この十年間、一定のトーンを保ち続けてゐる。それは言つてみれば、脈拍や呼吸のやうなものである。誰かに歌を褒められても、私は歌を何かの手段にすることを思ひつかなかつた。脈拍や呼吸が何かの手段でないのと同じである。誰かに歌を貶されても、私は歌をやめるといふことを思ひつかなかつた。他人に死ねと言はれて、脈拍や呼吸が止まるわけではないのと同じである。

歌人と呼ばれてゐる人々は、みな同じやうに感じてゐるのだらうか。だとすれば、歌についで何か本質的なことを語らうとするときの、戸惑ひに似た感覚も、彼らに共有されてゐるのだらうか。自らの呼吸や脈拍のやうなものを対象化することの難しさやもどかしさ、徒労感、そして油断すると嘘を語つてしまひさうな危ふさなどを、彼らもまた、味はつてゐるのだらうか。

私は、日々、歌を脈打ち、歌を呼吸してゐるだけだ。そして折々、よき歌に出会つて魂を震はせることに、無上の歓びを味はつてゐるだけだ。この自然さと自明さとを敢へて対象化し、他者に向けての言葉に変換しなくてはならない。

まづ、歌を作つたり読んだりすることの歓びは、「私は歌が好きだ」といふ表現をとるだらう。これは、あらゆる創造行為に共通する内的必然の、素直な表現である。そして次に、私にとつてかけがへない創造行為が、音楽や絵画や演劇や小説や現代詩などではなく、ほかならぬ短歌であることの根拠をなす感覚は、何か古くて大きなものに抱き取られるやうな「なつかしさ」や「安らぎ」として表現される。

「歌が好きだ」「なつかしさ／安らぎ」——私の生と歌とを繋いでゐる、ある自然な感覚を言葉に変換すると、この二つの表現となる。この二つの表現が、わたしたちが置かれてゐる精神状況の中で、どんな意味を持ちうるのかを確かめることが、本稿の課題である。

1　志の書——穂村弘『短歌という爆弾』再読

創造の歓びが生まれるのは、創造が、創造そのもののためになされることによつてである。言ひ換へれば、たんじゆんにその創造行為が「好き」であるといふことが、何より大切なのだ。これを「純粋さ」とも言ひ、「内的必然」とも呼ぶ。そして、「好き」だといふ思ひの強度と純度とが、「志」と呼ばれる。

あらゆる創造行為において、もつとも大切なのは、志である。志が高ければ、必要な技術は自然に身に付いてゆく。逆に、どんなに技巧に長《た》けていようと、志を欠いた作品は、無価値である。存在理由が無いからだ。それは、心素直な者の目には、すぐに見分けがつくことだ。

短歌の世界においては、素直に「歌が好きだ」と言ふことを忌避する雰囲気が、長く続いた。この伝統詩型がおのづと分泌する美的完結性が、敗戦後の自己否定的な精神史の中で、つねに問題視されてきたためだ。

八〇年代以降の消費文化の定着が、敗戦をめぐる思想的な拘泥を断ち切つたとき、やうやく、顔を上げて「歌が好きだ」と言へるやうになつた。短歌において、まつすぐに、志を問ふことができるやうになつた。
二〇〇〇年に出版された、穂村弘の『短歌という爆弾』(小学館)は、かうした新しい情況の中で、あらためて、短歌における志の重要性を明確に提起し、主張したといふ点で、画期的な本であつた。この本では、次のやうに、鋭く、かつ美しい言葉で、短歌をめぐる創造の機微が言ひ当てられてゐる。

他人に共感するのに比べて、自分で自分の気持ちに共感することはたやすい。この容易さは自分自身の本当の心に向かって言葉を研ぎ澄ますということから限りなく遠いところにある。

歌が〈本当のこと〉の力を得るためには、その内容が事実や実体験に即していることさえ必須条件とはならないのである。事実とは〈本当のこと〉の輝きへ至る通路のひとつに過ぎない。

〈今、ここ〉に存在するという宿命を全身で受け入れる実存の肯定と、それに伴う一種の敬虔な判断停止は、短歌という詩型を統べる感覚として遍在するように思われる。

かうした、穂村曰く「実存的」な歌論の中心にあるのは「心を一点に張る」といふ、魂の強度への希求である。

例えば塚本邦雄の作品に関して、その数多い模倣者達が、語彙やイメージの展開をどれほど巧みに真似ることができたとしても、この心を一点に張る力がなければ、彼らの言葉は紙一重の差で世界を逃がし続けることになる。それは彼らが、あらかじめ用意された言葉やイメージに向かって、自らの心の方を置きにいってしまうためである。それではすべてが全く逆なのだ。心を一点に張る力こそ、暗闇のなかから未知の言葉をつかみだして自分だけの世界を切り開くための必須条件である。

ここで穂村は明確に、詩歌においてもつとも大切なのは、技巧のための技巧ではなく、捨て身の〈心〉であると主張してゐる。その〈心〉とは、目に見えるもの（お金、名誉、地位……）のためでなく、暗闇に向かつて、どうしやうもなく未知の何かを求めやまず、奔りやまず、憧れやまず、そのために他のすべてを捨てても構はないといふ、創造する魂の狂ほしさである。それは、歌が好きでたまらない、歌を作らずにはゐられない、歌はなければ生きてゆけない、といふ、内的必然の強度と純度――すなはち、志の高さにほかならない。

このやうに、短歌において志の高さを正面から主張しうることの背景には、短歌定型をめぐる自己否定的雰囲気からの解放といふ、精神史的転換がある。穂村は、寺山修司が短歌定型の自己肯定性を批判した発言を引用したあと、次のやうに言つてゐる。

定型の機能に対する価値判断を除けば、寺山が短歌の実作を通して実感したことと私自身の体験の本質は極めて近いもののように思われる。（傍点―高島）

傍点を付した部分に関して、穂村は何の釈明もしてゐない。寺山が否定的に言及した、短歌定型の自己肯定機能を、穂村はニュートラルな認識としてのみ取り出し、寺山がそれを否定しなければならなかつたことの意味については、自分の問題としては追求しない。

それは穂村にとつてはもはや、切実な議論ではないからだ。傍点部分の、事も無げなあつさりした口ぶりの中に、精神史の転換ははつきりと示されてゐる。もちろん穂村は、短歌定型の自己肯定機能を肯定するのである。それによつて穂村自身が「救はれた」からだ。

私には、短歌的自己肯定作用の助けを借りなければ、少なくとも言語による自己表現は不可能だったと思う。（短歌定型による-高島補）〈私〉の補強作用は、未来という膨大な時間に圧倒され、世界の未知性に引き裂かれて分裂する私の自己像をひとつにまとめることを許してくれた。私は定型の鏡のなかに初めて、それまで一度も見ることのなかった自分自身の姿を映すことができたのである。

かうした、おそらく古今を通じた、歌詠みたちのひそかな本音を、あつさりと口にしてしまふ弱さは、翻つて、穂村たちの、否、わたしたちの、限りない強さである。

穂村は、この精神史的転換の自覚を、「わがまま」といふキーワードで表現した。穂村のいふ「わがまま」とは、穂村自身も含めた同世代の歌人に共通する感覚で、「従来の短歌が根ざしていた共同体的な感性よりも、圧倒的に個人の体感や世界観に直結した」表現へと向かふものである。そして彼らは、「自分よりも大きな何か」に対する希求を、むしろ従来の歌人たちよりも強く持つてゐるが、それはあくまでも「ひとりの信仰」なのだといふ。この、自分だけの信仰の強さを、穂村は「わがまま」と呼ぶ。この「わがまま」の結果、「ひとりひとりの表現の方向性は、ほとんど同一のジャンルとは思えないほどに多様化して、しかし同時に語彙の偏りや文体の過剰さに関しての印象にはどこか共通性が感じられる」こととなる。

穂村は、自らの世代の特質として規定した「わがまま」を、先に紹介したやうな、創造の実存的原理の普遍性に結びつけ、自らの立場として強く打ち出してゐる。

先人が見出した大切なものを見失わずに経験を重ねれば誰もが等しく豊かな境地に達する、などという考えは悪だと思う。……（中略）……魂を研ぎ澄ますための定まったシステムなどこの世になく、その継承は時空間を超えた飛び火のようなかたちでしかあり得ない。ひとりの夢や絶望は真空を伝わって万人の心に届く。

これは、語彙の選択から教育システムに至るまでを規範化してきた、従来の短歌の共同体的なあり方を否定し、そのやうな伝統を切断したところに、創造の営みの普遍的かつ本来的な姿を見ようとする立場である。

穂村がかういふ結論に立ち至つたのは、定型の自己肯定作用によつて救済された〈私〉を、自立した個、すなはち近代的自我として受け取つたことによる。その結果、短歌表現における伝統的規範性を脱した、個人としての表現意識（わがまま）の定着を、よしとすることとなる。これは、伝統や風土を脱色した、近代的にニュートラルな文学観の中に、短歌を位置づけることを意味する。

ここで気になるのは、「ひとりの信仰」といふ言葉である。この言葉は形容矛盾である。信仰といふのは、「自分よりも大きな何か」を前にして、〈私〉を捨てることだからである。真に信仰を得たとき、人はもはや、自分がひとりで独立自存してゐるなどとは思はないのである。もちろん「わがまま」な穂村は、けつして〈私〉を手放さない。ならばなぜ、「信仰」などといふ、〈私〉を無化してしまふやうな「危険な」言葉を口走つてしまつたのだらうか。

たぶん穂村は、短歌定型の自己肯定作用によつて〈私〉を救済されたとき、「自分よりも大きな何か」の力を感じたのである。そして〈私〉とは、その大きな力によつてはじめて存在可能なのだと、直観したのである。だが一方で穂村は、その「大きな力」に恐怖をも感じたのだらう。せつかく救済された〈私〉をふたたび呑み込んでしまひさうなその「大きな力」を、近代的文学観・近代的自我といふ「常識の力」によつて封じ込めようとしたのである。「ひとりの信仰」「わがまま」といつた、幼くも痛ましい、奇妙な立場表明は、かうした過渡的な表現主体の呻きである。

この場合、「自分よりも大きな何か」とは、短歌定型そのものにほかならない。短歌定型がおのづから分泌する美的完結性、千年来の歌ひ重ねによつて磨き上げられた抒情と共感の様式性、それらがもたらす強い自己肯定作用――戦後、歌人たちは、さうしたものを自己否定することで、個として自立した批判的主体たらうとしてきた。穂村は、短歌定型を自己肯定しつつ、個としての自立だけは確保しようとしてゐる。だが、短歌定型を自己肯定することが、わたしたちにとつて不可避であるならば、戦後の自己否定的短歌史によつてめざされてきた近代的諸価値を懐疑し、再検討しなければならないだらう。そしてそれに代はる作歌理念を模索しなければならないだらう。まづは、戦後の精神史と短歌との関はりを振り返り、短歌定型の自己否定が自己肯定へと転ずる必然を跡づけてみたい。

2 〈戦後〉への懐疑

戦後短歌史の自己否定的性格は、いふまでもなく、敗戦と占領を経たこの国の社会意識の総体によつて規定されたものである。敗戦と占領を受け容れたとき、日本人は、自らの戦争行為を、端的に「過ち」だつたのだと思ふことに決めた。生き延びるためには、さう思ふことが都合よかつた。そして、国家意志を戦争へと収斂させていつた観念や思想や情緒やそれに関連するもののすべてを、殊に伝統的美意識や、民族の誇りを大切にする心を、他人事のやうに断罪し、否定した。短歌と、短歌定型の伝統的様式性の力は、さうして断罪し否定すべきものの筆頭であつた。

かうして自らの伝統を切断した日本人は、その傷口に、西洋から輸入した諸観念諸価値を接木《つぎき》した。自由、人権、自立した個人といつた、それら諸観念諸価値が、ヨーロッパやアメリカの固有の歴史において、血を流しつつ育まれたものであることを忘れ、無色透明な人類普遍の理念として受け容れた。

かうした中で、なほ短歌に縁を結んだ人々は、短歌定型の力をまつすぐに肯定し、それを自らの根拠とすることができなかつた。塚本邦雄が「短歌への限りない憎悪」を語つたことに象徴されるやうに、歌人たちは、短歌に惹かれ携る自分と、その自分を普遍的な場所から否定する自分とに引き裂かれながら、歌ひ続けるしかなかつた。そのアンビバレンスが、「前衛短歌」といふ、やはり形容矛盾に類する奇妙な呼称をもつて語られる運動の中で、暗い情熱に染め上げられた、優れた歌の数々を生み出した。

そして現在。自らの伝統を切断し、無色透明な普遍性を接木してやりくりしてきた戦後精神は、消費文化の定着を経て、つひに生命の根源のレベルに達する枯渇と頽廃を露呈するに至つた。血なまぐさい社会的事件をとりあげるまでもない。徒競走の順位づけを差別と考へ、給食の際の合掌を宗教の強制であると考へるやうな「教育者」が存在するといふ事実は、この国の精神が末期的な衰弱をきたしてゐることの、端的な指標である。

この情況において短歌に携るわたしたちにとつて、もはや戦後的アンビバレンスは成立しない。短歌定型の力に相対する普遍的な場所自体が溶解してしまつてゐるからだ。戦後的理念を希釈した口語的な生活意識やポップな文化感覚を導入することで詩的アンビバレンスを確保しようとする試みも、同様の限界を呈してゐる。

体温計くわえて窓に額つけ「ゆひら」とさわぐ雪のことかよ

（穂村弘『シンジケート』）

「キバ」「キバ」とふたり八重歯をむき出せば花降りかかる髪に背中に

（〃）

終バスにふたりは眠る紫の〈降りますランプ〉に取り囲まれて

（〃）

これらの歌に漂ふかなしみは、けつして非伝統的なものではない。だが、「ゆひら」「「キバ」「キバ」」「〈降りますランプ〉」といつた、幼児的に断片化し、喃語化した言語感覚を自らのリアリティーとして定型に乗せてしまつたとき、さうした「てにをは」を欠いた言語感覚が、逆流して、「てにをは」を生命とする定型意識それ自体を侵食、解体してゆく道が開かれた。

もちろん、侵食されるべきは侵食されればよいし、解体されるべきは解体されてしまへばよい。だが、かうした道の先には、わたしたちが短歌に縁を結んだことの意味は、けつして見出せない。その道の先では、定型をめぐるアンビバレンスさへ成り立たず、したがつてもはや「短歌でなくてよい」からだ。

この精神状況の中で、なほ、伝統のオーラを背負ふ短歌に携ることに意味を求めるとすれば、それは、破壊ではなく防衛、自己否定ではなく自己肯定であるほかない。身の回りの荒廃とは別の場所に魂の置き所を求め、それによつて、何か大切なものを荒廃から守ることでしかありえない。決して荒廃そのものを表現することではない。

戦後、父祖たちの戦ひを端的に「過ち」だと考へたことは、本当に正しかつたのか。自らの伝統を切断し、否定して、西洋産の諸観念諸価値を接木したことによつて、何か大切なものを失つてしまつたのではないか——現在において短歌に携ることは、戦後的価値観に対するかうした懐疑と切り離せないと思へる。

かうして、精神状況の荒廃は、定型をめぐるアンビバレンスを不可能にし、その結果、短歌に携ることの意味は、自己肯定においてしか見出せなくなつた。短歌定型を自己肯定することは、そのまま、戦後短歌史を、ひいては戦後精神史を根本から懐疑することでなくてはならず、戦後自己否定されてきた伝統的諸価値を回復しようとすることでなくてはならない。

もちろん、敗戦を境に、肯定から否定へと手の平を返した人々と同じことを反対向きに繰り返すことには意味がない。戦後における伝統否定と西洋崇拝は、敗戦よりずつと前、明治の文明開化を精神史的起点としてゐる。短歌定型を自己肯定することは、戦後的価値観を懐疑するのみならず、その背後、文明開化以来の近代日本精神史総体を問ひ直すことにつながるだらう。そして、文明開化に連動する正岡子規の短歌革新とそれに続く写実の理念とが、和歌と、和歌を中心とする民族の伝統精神の、何を継承し、何を切断してしまつたのかを厳しく検証せねばならないだらう。

文明開化と敗戦。二度の伝統切断を経たうへに、消費文化の果て、未曾有の荒廃の中にありながら、なほ、この伝統詩型は、人々の間に脈打ち、息づくことをやめない。そして、遠い父祖たちの清らな魂への憧れをかきたててやまない。不思議である。

だが、かくも無残に伝統から切り離され、フラットな世界を生きてゐるわたしたちが、短歌定型を通じて伝統に繋がりうるのは、どのやうにしてであらうか。無知と頽廃のさなかにあつて、わたしたちの憧れと希求は、どんな意味をもちうるのだらうか。

3　過去からの光

先に引いた穂村弘の発言の通り、歌を作ると、それまで頼りなく、希薄で、世界に拡散してしまひさうだつた自分の存在が、くつきりとした輪郭をもつて、一首の中に映し出されるのを体験する。このときの「救はれた」といふ感覚が、わたしたちを短歌に向かはせる根本理由である。

だが、このときに定型の力によつて輪郭を獲得し、救済された〈自分〉は、自立した個としての近代的自我とは異質なものでなければならない。なぜなら短歌定型はニュートラルな詩の型などではなく、民族固有の歴史によつて育まれた、魂の器だからである。無数の日本人による千年来の歌ひ重ねによつて、ひとつひとつの歌語のもつ意味や色合ひや手触りまでが規定され、言葉のリズムや調べの美感は、おのづからこの国の遠い過去の記憶を呼び覚ます。

短歌定型の力は、民族の歴史的連続性によつて支へられてゐる。だから、短歌定型の力によつて救済されることの意味は、民族の歴史的連続性に抱き取られることによつて、その安らぎとなつかしさのなかで、日本人としての自分を感じ、日本人としての輪郭を獲得するといふことなのだ。それは、近代的に孤立した自我とはまつたく異質な〈自分〉である。戦後的に無国籍で無色透明な〈人間〉ともまつたく異質な〈自分〉である。

いま語つたことは、かうあらねばならぬといふ当為ではなく、かうあつてしまふといふ自然である。だから短歌定型を無色透明な詩の型と見做して作歌することも、短歌定型を利用してどのやうな言語実験を行ふことも、非難するにあたらない。好きにやればよろしい。ただ、短歌が短歌である限り、さうした試みのすべては、いづれ、民族の歴史的連続性に照らして評価され、審判されることになる。

伝統は必ずしも意識されるものではなく、むしろ前衛的、実験的な試みによつて豊かになるのだ、といふ考へ方には、説得力があるやうに見える。だが、そのやうな考へ方自体が、近代人の傲慢さなのではないか。正岡子規が古今集を罵倒するまでは、わが国の文芸史は尚古の心によつて貫かれてゐた。古人への畏敬と感謝と憧れとを忘れた精神からは、真の文学は生まれない、と考へるのが、短歌定型に救済された者の自然な思ひではないだらうか。

わたしたちは、伝統から隔てられ、陰翳を失つたフラットな世界を、日々生きてゐる。だが、わたしたちには短歌がある。古典の知識や古文の読解力が心許なくても、短歌定型は、遠い過去からの無量の光を、わたしたちに届けてくれる。今を生きるわたしたちのいのちは、過去からの光に照らし出されることで、くつきりとした輪郭を獲得する。その瞬間の言ひ知れぬなつかしさと安らぎの感覚こそは、日本人が、日本人であることに幸せを感じ、誇りを感じ続けることの、かけがへない根拠である。この根拠を守り伝へることは、歌詠みの悦ばしい任務である。

廃墟からの祈り

1　あの日の夕映え

今から二十五年ほど前になるだらうか。小学生だつた私は、ある休日、母の実家までお使ひを言ひ付かつた。昼過ぎ、自転車の荷台に届け物の箱をしつかりとくくりつけて、出発した。親や友達とではなく、ひとりで遠くに出かけるのは、この日が生まれて初めてだつた。庄川町（現・砺波市）の自宅から、福野町（現・南砺市）にある母の実家までは六、七キロ。廃線になつた加越線の線路跡にできた自転車道路を通つて行く。

よく晴れた秋の日。なにごとかを自分の力だけで成し遂げたいといふ気持ちと、無事に成し遂げられるかどうかを不安に思ふ気持ちとで、どきどきしながら、ひとりペダルを漕いでいつた。

なにごともなく、母の実家に到着した。届け物を先方に渡し、お茶を一杯頂いて、早々にまた帰途につく。遅くなつて日が暮れてしまつては大変だ。

帰りも順調だつたが、途中で突然、自転車のチェーンが外れてしまつた。その当時子供たちの間で流行つてゐた、変速ギア付きの自転車だつたこともあつて、私には到底直すことはできなかつた。ちやうど道程の半ばあたりだつたので、そこから自転車を曳いて歩いてゆくには、自宅も母の実家も、遠すぎた。現在のやうに携帯電話があるわけでなく、公衆電話がどこにあるのかもわからない。子供なので、その近くに知つた人がゐるわけでもない。夕暮れせまる田んぼの真ん中にたつたひとり、途方に暮れて立ちつくすばかりであつた。

そのとき、私が佇んでゐるそばを、一組の家族が通りかかつた。中年の夫婦と、男の子がふたり。立ちつくしてゐる私を見て、

「どうしたが？」

と、やさしく声をかけてくれた。引つ込み思案だつた私が、初めて会つた彼らに、ちやんと事情を説明できたかどうか、思ひ出せない。彼らが私の自転車を見て、おのづから事態を了解したのかも知れない。ともかくチェーンが外れて立ち往生してゐるのだとわかつ

て、彼らは言つた。

「うち、自転車屋ながや。直したげるちや」——私は、深い驚きに打たれた。

私と同じ年頃の、だが私とは正反対に活発で、思ひやりに富んだふたりの男の子が、屈みこんで、手を黒くしながら、チェーンをいぢり始めた。やはり私とは正反対に、日頃から、よく家の仕事の手伝ひをしてゐるのだらう。ふたりで声をかけあひながら、半ば楽しむやうに、直していく。私はその様子を、黙つて見守つてゐた。

しばらくして、私の自転車は元通りになつた。ろくにお礼も言へないで、名前もきかないで、私は彼らに別れ、ふたたび帰りを急いだ。だが、心は、深い感動と、幸福感に満たされてゐた。目に見えぬ大きな力が、自分を守つてくれてゐることを、思はずにはゐられなかつた。もう自宅近くまで来たときに私を包んだ夕映えを、用水の水面にきらめいてゐた夕光を、今でもよく覚えてゐる。

それから六、七年して、私はひとり、このふるさとを離れた。異郷を転々とし、様々な人や物に出会つた。そしてある時、まるで事故のやうに、それまでなによりも信頼してきたものが、あつけなく崩れ去つた。私はただ途方に暮れ、自分が自分であることを実感できなくなつた。自分が生きてゐることを確かめるために、毎日、死ぬことばかりを考へてゐた。

そんなとき、まるで木の葉が風に揺れるやうな自然さで、短歌に出会つた。とくになにかきつかけがあつたわけではない。ふいに、しかし当たり前のやうに、気が付くと、私には短歌があつた。私は歌を詠み続け、歌を通じて、多くの人に出会つた。それは、考へれば考へるほど、不思議なことであつた。

歌を続けるなかで、私はふたたび、自分を取り戻していつた。それは、以前の自分よりも豊かな自分であると思へた。そして私は、このふるさとに帰つて来た。二十年近い歳月が流れてゐた。

今、自分の来し方を顧みて思ふ。私は、二十年かけて、あの初めてのお使ひの日の出来事を繰り返したのではないだらうか、と。そして、いつのときも、目に見えぬ大きな力によつて、守られ、導かれてゐたことに、感謝せずにはゐられない。

2　矛盾から荒廃へ

私の話を聞いて、人は口元に微笑を浮かべ、かう言ふかも知れない。あの日君が自転車屋さんの一家に出会つたのはただの偶然に過ぎない、そこには何の意味もないのだ、と。だが、そのやうに言ふ人は、自分がこの世に生を享けたことをも、無意味な偶然だと考へるほかない。身めぐりの出来事や人との出会ひに、導きを感じ取ることのできない人は、自分が生まれ、存在してゐることをも、とりとめなく生起する偶然のひとつに過ぎないと考へることになる。

自分の生命、自分の存在を偶然の産物とみなす精神は、人生を、限りない可能性として捉へてしまふ。だから、物事を「諦める」ことができなくなる。すべてが偶然であるならば、好運と努力とによつて、どのやうな幸福をも摑み取ることができるはずだ——さう、人は考へるのだ。そして、それがうまくいかないと感じた時、成功者への嫉妬、怨恨、そして際限のない後悔に苛まれることになる。そこに魂の安らぎはない。

わたしたちの遠い父祖は、目に見えぬ大きな力を日々に感じつつ、導き、約束、ご縁、といつた美しい言葉で、自らの境遇を受け容れ、そこに喜びを見出さうとした。「諦める」

ことによつて、魂の豊かさ、やさしさを守つてきた。日本の文明、さらにいへば東洋の文明の根底を流れてゐるのは、このやうにして魂を豊かに保つ作法であると思へる。
わたしたちの文化から、かうした作法が急速に失はれていつたのは、黒光りする大砲や軍艦と一緒に、西洋人たちがやつて来てからだ。
西洋人は、世界から神や精霊を放逐し、人間こそが世界の主人公であると宣言した。近代の始まりである。そして、神も精霊もゐなくなつた平明な世界を、人間の頭脳が生む科学技術によつて、人間の欲望のままに支配し、改造しうると考へたのである。彼らは躊躇なく、それを実行していつた。そしてその果てに、はるか極東のわが列島にまで、巨大な黒船を連ねて押し寄せた。そのとき、日本の文化を担つた先人たちは、この未曾有の危機を受けて立たねばならなかつた。正岡子規は書いてゐる。

代々の勅撰集の如き者が日本文学の城壁ならば、実に頼み少き城壁にて、かくの如き薄ツぺらな城壁は、大砲一発にて滅茶滅茶に砕け可申候。……（中略）……外国の髯づらどもが大砲を発たうが地雷火を仕掛けうが、びくとも致さぬほどの城壁に致したき心願有之……

（「六たび歌よみに与ふる書」）

ここには、その武力と同様に、圧倒的な勢ひで押し寄せる西洋の文物や価値観に対し、日本の文化を守り、再生させようといふ気概が満ちてゐる。だがそのために、「代々の勅撰集」のやうな、古来父祖たちが大切にしてきたやさしい伝統を、否定し、切断しなければならなかつた。そのことの痛みは、近代日本の精神史に、深く永く、禍根を残すこととなつた。

子規とその後継者たちは、美的概念を様式化した古今集以降の和歌を内容空疎であると否定し、それに先立つ万葉集の質醇素朴を、すぐれたリアリズムとして讃美した。だが、万葉集から古今集への歌風の移行には自然な連続性があり、そこには質的な切断などあるはずもない。外圧に対抗するために、民族の伝統の連続性は、忘却されねばならなかつたのだ。

かうして、万葉のみを崇拝し、古今以後の和歌を全否定するといふいびつな伝統意識が支配的となつた。それは、西洋に学んで発展しようとすることと、東洋の伝統の中にアイデンティティーを見出さうとすることとの矛盾に苦しんだ、近代日本の精神史と深く関はつてゐると思へる。

この矛盾は解決されぬまま、六十年前の破局に立ち至つた。その後も、現在に至るまで、この矛盾は深化しこそすれ、少しも解消されてはゐない。ただひとつ変はつたことといへば、人々がこの矛盾をあまり意識しなくなつたといふことだ。つまり、民族の伝統を忘れ、誇りを捨て、かつて同胞を殺戮した世界最強の国家にすすんで尻尾を振り、その物質的庇護と文化的支配のもとで安穏と暮らせればそれでよいと考へる人が増えてゐるやうに見えることだ。

それですべてがうまくゆくならば、それもいいだらう。だが、好むと好まざるとにかかはらず、わたしたちは日本人であつてしまふのだ。その消すことのできない事実から目をそむけて、みづからの伝統と誇りとを打ち棄ててしまふとき、そこに立ち現れるのは、底知れぬ、精神の荒廃である。

3　ふるさとといふ廃墟

精神の荒廃は都市部ばかりでなく、地方へ、そしてわがふるさとへも、容赦なく押し寄せてゐる。否、いまや都市部よりも地方こそが、危機と荒廃の最前線をなしてゐる。

先日私は、久しぶりに京都を訪れる機会を持つた。四条通から河原町通へ、ときどき通り沿ひの本屋などを覗きながら、ひとりで歩いてゐると、ふはりと包み込まれるやうな安心感に満たされた。京都は私にとつて、学生時代を過ごしたなつかしい街である。また歴史ある文化都市として、独特のゆつたりした雰囲気を持つてゐる。だが、街を歩いて私が感じた安心感は、私の個人的な思ひ出や、京都といふ街の個性だけによるものではないやうに思へた。といふのは、京都ではなく大阪を歩いても、東京を歩いても、同じやうに感じただらうと思ふからである。

では、私を満たした安心感の理由は一体何だつたのか、少し考へてみて、はたと気が付いた。街が多くの人で賑はつてゐること、その、本来当たり前であるはずの風景が、私を深く安心させたのだ。若者、老人、サラリーマン、主婦、学生、外国人、観光客、商売人……。様々な人が街を行き交つてゐることが、なんとも言へず、なつかしかつた。

都会から引き揚げて帰郷して以来、私はかうした、当たり前の街の風景を見ることがなかつたのだ。それは、賑やかな都市部から寂しい地方へ移つてきたからではない。かつて地方にもあつたはずの、古くからの街の賑はひが、失はれてしまつたからだ。

私が高校生の頃、休日にときどき友達と遊びに行つた富山の総曲輪通り、中央通りは、街路いつぱいに人が行き交つてゐたやうに記憶してゐるが、今は、日曜日に訪れても、まるでゴーストタウンのやうだ。県都ばかりではない。私の少年時代にはいきいきと賑はつてゐたふるさとの街々は、どこもみな人通りがまばらで活気を失ひ、一見してさびれてゐるのがわかる。そしてその原因も明らかだ。郊外の幹線道路沿ひに、各種大型店舗が次々と出店したからだ。

これは、私が異郷に在つた二十年近くの間に、ふるさとに起きた最も大きな変化であらう。

『下流社会』の著者として知られる三浦展に、『ファスト風土化する日本』（二〇〇四年、洋泉社）といふ、近年の地方社会の変質についての著書がある。

この本の中で三浦は、過去二十年ほどの間に、日本中の地方が、総郊外化して、固有の風土やコミュニティーが失はれてしまつたといふ。全国津々浦々に及ぶ開発と交通整備の結果、地方の、どんな辺鄙な田んぼの真ん中にでも、巨大ショッピングセンター、ファストフード店、ディスカウント店、コンビニエンスストアなどの、均質な商業施設が立ち並ぶやうになつた。それによつて、その地方固有の歴史に育まれた、古くからの地方都市や農村のコミュニティーは急速に衰退してしまつた。そして、地域の固有性とは無縁の、全国一律の均質な生活環境が出現したのだ。この、日本の総郊外化（著者の造語で「ファスト風土化」）が人々の心に病をもたらすこと、ひいては、近年地方を舞台に頻発する凶悪犯罪に深く関係してゐることに、三浦は警鐘を鳴らしてゐる。

そして三浦は、日米構造協議が、日本の総郊外化の原因のひとつであると指摘してゐる。アメリカの企業が、日本市場に参入しやすいやうに、日本の法的・社会経済的環境を改変することが、そこでは求められた。公共投資を増やして、全国に道路網が拡大された。流通システムの見直しも迫られた。既存の商店街を守るための法的規制が緩和され、大型店は、どこにでも自由に出店できるやうになつた。その結果、砂漠に道を拓いたアメリカのやうな風景が、日本中の地方を覆ひつくすことになつたのである。

二十年前、少年だつた私には、東京から発信される情報だけがあつた。その情報によつてかきたてられた欲望は、都会に出なければ満たすことはできなかつた。有形無形を問はず、都会に行かなければ手に入らないものが、たくさんあつたのだ。

現在、車に乗つて、田んぼの真ん中に立つ巨大ショッピングセンターに出かければ、よほどマニアックなものでない限り、東京にあるものは、ほとんどすべて、手に入る。

すべては、驚くほど便利になり、快適になつた。それは、政治経済のみならず、思想や文化においてもアメリカに追従し、限りない欲望を限りなく追求して、ひたすら機能主義的に生活環境を改造してきたことの、めざましい成果である。

だがその結果、わたしたちは歴史を失つた。固有の歴史に包まれて暮らす安心を失つた。古くからの商店街も、農村の共同社会も失つて、そのかはりに、田んぼの真ん中に立つ巨大ショッピングセンターを得た。

田んぼの真ん中に立つ、巨大ショッピングセンター。これほど無残な景観が、ほかにあるだらうか。歴史の連続性を無造作に切断し、父祖たちが育んできた固有の風土を無頓着に蹂躙して、均質で無色透明な消費社会がふるさとを覆ひつくす。

京都を歩いて私が感じた安心。それは、大都市はもともと都市であつたがゆゑに、却つて固有の歴史を保つてをり、地方は都市部よりもなほ徹底的に歴史性を破壊されてゐるといふ、おぞましいまでの逆転現象を告げるものであつたのだ。いま、すべての日本人にとつて、ふるさとは、廃墟なのだ。

空襲を受けて復興した都市は、一見して街並みが新しい。わが郷土の歌人は、六十年前の富山の空襲を次のやうに歌ひ留めてゐる。

やみ空をめぐり居るらし敵の機の音追ひながらわがあふぐかも
燃えあがる紅蓮を赤く浴びながら敵が頭上にあらはれにけり
満天に星は照れどもそのもとにこの暴虐の行はれゐる
一弾は屋根つらぬきてあかあかと炎立つなりとどまらぬかも
炎の秀風になびきて地に触りぬ大根の葉の音たてて燃ゆ
焼けつく火ころもとほして耐へがたし水をかぶりて火に立ち向ふ
炎々と焰は天にみなぎれり立山脈は明けそめにけり
たたかひにたほれましたるみほとけが道にましますその黒さはや
顔中の火傷がきつく痛むらししかし表情にあらはれなくに
焼けあとの噴水にかがみ妹は朝餉の米をとぎゐたりけり

（以上、小又幸井『大立山』）

夥しい犠牲者を出して、県都は灰燼に帰した。戦後、街は今見るやうに再建され、復興した。だが、わが国が奇跡的な経済復興を遂げ、工業製品の輸出を伸ばしたとき、それを不都合とみたアメリカの介入が始まつた。その成り行きの果てに、ふるさとは廃墟と化した。

焼き尽くされ、再建された街並もまだ新しいままに、賑はひを奪はれた県都。この事態が、六十年前に街を焼いた、その同じ国の都合によるものであることを思ふとき、憤りに似た気持ちを抑へることができない。

4　家持の祈り

かうしてわたしたちはいま、おそるべき荒廃の中に立たされてゐる。だが、その社会的、政治的現実に対して、詩歌文学がなにごとかをなしうると考へるのは、錯誤である。さうした錯誤は、詩精神の弛緩を意味するものにほかならず、精神状況のさらなる荒廃をしかもたらさない。

この荒廃に臨んで、詩歌に携る者がなしうることは、時代の痛みを真正面から身に受け、その痛みのなかから、たしかな声で、歎きを歌ひ上げることだ。そして、深いふかい歎きの果てに、かなしみを祈りへと昇華することだ。かすかな、しかしたしかな祈りの声は、父祖たちの願ひを受け止めると同時に、子孫たちへと願ひを発信する。わたしたちは父祖たちの願ひによつて生かされ、わたしたちの願ひによつて、子孫たちのいのちがはぐくまれる。詩歌の祈りは、地下深くを流れる清い水脈のやうに、民族の歴史的連続性を護り続ける。それは、社会的政治的アンガージェと取り替へることなどできない、かぎりなく尊い営みである。

わが国が、かかる精神史的危機に見舞はれたのは、今日が初めてではない。近代と呼ばれる、ここ百五十年の激動が初めてなのでもない。

はるか千三百年の昔、わが越中ゆかりの歌人、大伴家持が生きたのも、今日と同じ、危機の時代であつた。

大伴氏は、神代の昔から、天皇を身近くお守りしてきた、武門の誉れ高い家柄である。大伴の人々は、古い氏族共同体を基盤としつつ、天皇家にたいして、血の通つた親愛の情をはぐくんできた。大伴の人々のこの思ひは、家持の高名な長歌に歌ひ留められ、後世に永く歌ひ継がれることとなつた。

海行かば水漬《みづ》く屍《かばね》、山行かば草生《む》す屍、大君の辺にこそ死なめ、かへり見はせじ……

（『万葉集』巻十八・四〇九四）

ここには、君臣とか忠義とかいふやうな、外来の儒教を介した規範意識とは異質な、原初的な情動が流れてゐる。それは、エロス的な直接性であるといつてよい。大伴の人々にとつて、「国」とは、このやうな、血の通つたエロス的共同体であらねばならなかつた。

だが、家持の生きた時代、国は、大伴の人々の思ひとは逆の方向へとひた走つてゐた。大伴氏とは対照的に、祖先伝来の神祇の職掌を捨て去つた藤原氏の専権のもと、唐に倣つた律令にもとづく官僚体制が整備されていつた。それはまた、東大寺、諸国国分寺・国分尼寺の創建や、東大寺盧舎那仏の造立に見るやうな、国家仏教の成立と軌を一にするものであつた。

このやうな、外来思想を背景とする官僚制の展開のなかにあつて、大伴の人々が代々守り伝へてきた、エロス的共同体への希求は、もはや現実性を失つてゐた。

もちろん家持もまた、唐からもたらされた尖端的な詩歌文学を大いに呼吸し、新時代の空気に浴するなかで、詩人としての成長を遂げていつた。だがその一方で、古くからの大伴の血と、その自覚は、彼の詩魂の根底を揺さぶり続けた。そのアンビバレンスは、茫漠たる悲しみとなつて彼を歌作へと駆り立て、その歌々に独特の翳りをもたらした。

うらうらに照れる春日にひばり上がり心悲しもひとりし思へば
（同前、巻十九・四二九二）

もののいのちが萌え立ちむせかへる春の光のなかに、詩人の魂は、おのれの孤独と、いのち生きることのかなしみを見出す。それは何か具体的な物事に原因するかなしみではない。存在そのもの、生命そのものの根源的なかなしみへと深く到達し、千年を経てなほ、読む者の胸を打つ。

この歌が詠まれて四年余りの後、家持に近しかつた人々の多くが捕縛、虐殺された。当時専横を極めた藤原仲麻呂を排除しようと、橘奈良麻呂を中心として、大伴、佐伯の人々が決起を図つたのが事前に漏洩したのだ。

この企てに加はらず、あやうく死地を脱した家持の、悲嘆慟哭はいかばかりであつたらうか。この事件により、大伴氏の没落は決定的となつた。

人は、家持を、詩文の世界へと現実逃避した、文弱の貴公子だと思ふかもしれない。だが彼は、大伴の誇りと、国のあるべき姿への思ひを決して忘れはしなかつた。

家持は万葉集を編纂し、古くからの日本固有の詩のすがたを後世に残した。それは、唐風と仏教とに席捲されたかに見える天平の文化風景に、民族の息吹を通はせるものだ。また、その巻八、巻十に見るごとき、季節歌と部立の意識を生み出し、続く王朝期和歌と国風の美意識の先駆をなした。

過去から未来へと、民族の歴史的連続性を、その精神を、その魂を、守り、引き継ぎ、豊かならしめること。家持は、没落しゆく武門の誇りにかけて、文化防衛の戦ひを、ひとりで戦ひ抜いたのだ。

いまわたしたちが、はるか千三百年の昔を振り返るとき、唐風の意匠をふりかざして派手に専権を振るつた藤原仲麻呂よりも、その仲麻呂に対して、政治的軍事的に挑みかからうとした橘奈良麻呂たちよりも、わが大伴家持の存在は、はるかに偉大な光彩に包まれてゐるのを発見する。民族の歴史的連続性において、詩歌が担ふものが何であるのかを、ここにはつきりと認めることができる。

近代において、写生、写実を合言葉に正岡子規を継承したアララギの歌人たちは、家持を軽視した。初期万葉の質醇素朴なリアリズムを失ひ、王朝期の惰弱な概念性に近づいてゐるといふのだ。

かうした見方は、文芸を、活きた歴史、活きた精神から切り離し、専ら、抽象的に孤立させられた「個の自己表現」へと切り縮めてしまふところからやつてくる。西欧近代に由来する、かうした卑小な文芸観を内面化することで、わが近代歌人たちは、歌を詠み読むことが、父祖たちとの精神の交感であることを忘れ去つた。遠い先人への憧れと感謝の心を失つた。その結果、縁あつて和歌の伝統に連なつてゐる自分たち自身の、本然の姿を見失つた。自分たちは、短歌といふニュートラルな詩型を操つて、自由に個としての自己表現をなしてゐるのだと思ひ込んだ。さうした狭小な文芸観を過去へと投射することで、彼らは、初期万葉から家持を経て王朝期和歌に至る、民族精神の歴史的必然性を総合的に理解することなく、個々の「自己表現」へと分解して評価した。それが、活きた精神を捨象した、一面的な理解にならざるを得ないのは、当然であつた。

だから、家持が多くの女性たちと交はした甘やかな相聞歌の世界と、先に見た「海行かば」の世界とが、相反するものではなく、エロスの質において連続するものであることにも、彼らは思ひ及ばなかつたであらう。それは、万葉の質醇素朴と古今以降の繊弱さとを単純に切り離し、前者のみをよしとするやうな、視野の狭さと同根である。

この問題は、ひとり詩歌の世界にとどまらず、大東亜戦争に至る近代日本の精神の根幹にかかはつてゐる。人を思ふ気持ちの延長上に国を思ふことの自然さを、近代日本は受け容れられなかつた。国に命を捧げる心が、花を愛で、恋に酔ふよろこばしさの延長上にあるのだといふことを、近代日本は理解しなかつた。国家への奉仕は、倫理的抑圧として強制された。このやうな、西洋近代の国家観念に足を掬はれた狭量な日本主義、抑圧的な軍国主義によつて、「海行かば」は、一面的な理解のもとに、利用された。

家持の祈りに、しづかに耳を傾けよう。

新《あら》しき年の初めの初春の今日降る雪のいやしけ吉事《よごと》　(同前、巻二十・四五一六)

現存する家持最後の歌である。彼はこの歌をもつて、万葉集全巻の掉尾とした。

年改まつた日に降り続ける真つ白な雪。その清らかな雪が降り続くやうに、人々に、この国に、どうか吉き事が続きますやうに。

慟哭の闇、万斛《ばんこく》の涙のはてに、真つ白な雪そのもののやうに、清らに澄みとほる祈りの声。遠い天平の日から、まつすぐに届くこの声は、はるかな子孫のため、すなはち、ほかならぬわたしたちのために、幸福を祈る声であつたのだ。

5　詩歌のこころ

わたしたちを導く、目に見えぬ大きな力とは、子々孫々末永く幸あれといふ、父祖たちの願ひであり、祈りであつた。親から子へと、果てしなく続く愛の連鎖は、大いなる〈願ひ〉の力となつて、わたしたちを生かし、導いてゐるのだ。詩歌は、この大いなる〈願ひ〉を、民族の歴史的連続性としてかたちづくるのである。詩歌は民族の魂であり、いのちである。この大いなるいのちが、日本語の韻きを通じて、わたしたち日本人ひとりびとりに生気を吹き込むのだ。

民族、日本人といふ言葉にたいして、このグローバルな時代に、あまりに視野が狭いと笑ふ人がゐるかもしれない。だが、さう言ふあなたは一体誰なのか？　世界市民か？　透明人類か？　自分は日本人であるといふ原事実から目をそむけ、民族的アイデンティティーに無自覚なまま、海月《くらげ》のやうにふらふらと海外へ漂ひ出す人は、世界の笑ひ者になるだらう。私は、人間である前に、日本人である。

わたしたちを生かし、導く、大いなる〈願ひ〉は、民族性を超えた、世界宗教のかたちで説かれることがある。だが、神や仏の前に手を合はせる気持ちが起こるのは、さうした神仏の形象が、遠い昔から父祖たちによつて敬はれてきたといふ、歴史性を感受するからだ。つまり、神仏の形象を通じて、そこに父祖たちの〈願ひ〉を感受するからなのだ。

もうそろそろ、わたしたちは、民族の歴史的連続性のなかで、父祖たちの〈願ひ〉によつて生かされてゐるのだといふことを、思ひ出すべきだ。自分は自分だけの意志と力によつて生きてゐるのだとか、人間は生まれながらに自由なのだとかいつた、存在と生命の摂理から逸脱した考へ方に、疑問を持つべきだ。

そしてこのことは、詩歌が、「個の自己表現」などといふ卑小な自慰の具ではなく、わたしたちひとりびとりの裡に息づく、民族のいのちなのだといふことに、覚醒することとひとつである。

今年は、久々の大雪となつた。各地で、雪による被害が相次いだ。近年の気候変動は、なにかの天意であるかのやうだ。

見渡せば、精神の廃墟が、果てしなくひろがつてゐる。気忙しい都会を逃れて、地方へ、ふるさとへ帰つたとしても、そこもまた、廃墟の裡である。

詩歌とは、廃墟からの祈りの声である。その声が、かすかに、しかしたしかに、大切ななにかを伝へ、守るのだ。

遠いとほい昔、同じやうに、精神の廃墟に立つて、ひとり祈つたひとの祈りに、今日の日の私の祈りを重ねて、稿を閉ぢることとしたい。


新《あらた》しき年の初めの初春の今日降る雪のいやしけ吉事《よごと》

あとがき

本書は、私の初めての散文集である。

歌詠みである私が散文を書き、それを一冊にまとめて世に問ふのはなぜか。それは、歌を詠み続けるなかで、歌そのものに加へ、歌にかかはる自分の思ひや願ひを伝へることに、大きな意味があると感じるやうになつたからだ。あくまでも、私は歌詠みとして散文を書く。だから、散文を書くときにも、歌を詠むのと同じ流儀で言葉に向き合ふことを心がけた。本書を、評論集といふ形にしなかつたのは、そのためである。

本書には、私が平成十五年暮れに東京を引き払つて帰郷して以後数年の間に執筆、発表した文章から、十四篇を選んで収めた。これらの文章が書かれてから、いくばくかの年月が過ぎ、その間に、世の中も、短歌の世界も、そして私じしんも、少なからず変化した。

本書の内容には、現在から見ていくぶん古く感じられる点があるのは否めないだらう。けれども、書かれたその時にだけ可能であつた言葉と精神のかたちを大切にしたいといふ思ひから、本書への収録にあたつての文章の修正は、歴史的仮名遣ひに統一し、細かな字句の手直しをしたほかは、最小限にとどめた。

本書を形にするにあたり、北冬舎の柳下和久氏にはさまざまに、そして親身にお世話いただいた。心から御礼申し上げる。

平成二十一年十一月　富山にて

高島裕

初出一覧

一

かなしみの伽藍　「[sai]」平成十七年、創刊号「特集・差異」
涙・糞尿・詩歌　「[sai]」平成二十一年、第二号「特集・からだからでるもの」(平成十八年執筆)
ふるさとといふ場所　「文机」平成十六年、第四号
歌とふるさと　「富山新聞」平成十八年十二月五日
平和といふ贈り物　「文机」平成十八年、第十二号
諦めの作法　「文机」平成十八年、第十号
わが過ち　「日月」平成十九年、第八十六号
高円寺の思ひ出　「文机」平成十九年、第十六号・平成二十年、第十七号

二

真言《まこと》の輝き　「文机」平成十六年、第三号
日本語の山河　「文机」平成十九年、第十四号
王者の業《わざ》　「文机」平成十八年、第九号
小池光における〈日常〉　「短歌」平成十七年十月号
過去からの光　「歌壇」平成十七年八月号
廃墟からの祈り　「とやま文学」平成十八年、第二十四号

著者略歴

高島裕

たかしまゆたか

1967年(昭和42)、富山県生まれ。歌集に、『旧制度』(99年、ながらみ書房)、『嬬問ひ』(2002年、同)、『雨を聴く』(03年、同)、『薄明薄暮集』(07年、同)、選歌集に『高島裕集』(04年、邑書林)がある。個人誌「文机」を発行。

住所=〒932-0305富山県砺波市庄川町金屋1808

廃墟《はいきょ》からの祈《いの》り

2010年2月1日　初版印刷
2010年2月10日　初版発行

著者
高島裕

発行人
柳下和久

発行所
北冬舎

〒101-0062東京都千代田区神田駿河台1-5-6-408
電話・FAX　03-3292-0350
振替口座　00130-7-74750
http://hokutousya.com

印刷・製本　株式会社シナノ

定価はカバー・帯に表示してあります
落丁本・乱丁本はお取替えいたします
ISBN978-4-903792-23-1 C0095